9119
circl

Los muchachos de la calle Pál

Editorial Bambú
es un sello de Editorial Casals, S.A.

Título original: *A Pál utcai fiúk*

© del texto, Ferenc Molnár, 1907
© de la traducción, Adan Kovacsics, 2011
© de la ilustración de cubierta,
Marc Torrent, 2011
© de esta edición, Editorial Casals, S.A., 2011
Casp, 79 – 08013 Barcelona
Tel.: 902 107 007
www.editorialbambu.com
www.bambulector.com

Coordinación de la colección:
Jordi Martín Lloret
Diseño de la colección:
Nora Grosse, Enric Jardí

Primera edición: septiembre de 2011
ISBN: 978-84-8343-150-4
Depósito legal: M-26809-2011
Printed in Spain
Impreso en Edigrafos, S.A.
Getafe (Madrid)

Los muchachos de la calle Pál

Ferenc Molnár

Traducción del húngaro
de Adan Kovacsics

Índice

Capítulo 1

A la una menos cuarto se encendía por fin, con gran dificultad, una maravillosa franja color esmeralda en el mechero de Bunsen depositado sobre la cátedra del aula de ciencias naturales; así premiaba la tensa espera después de varios intentos largos e infructuosos y señalaba, por tanto, que el compuesto químico que había de proporcionar un color verde a la llama, según el profesor, efectivamente la había coloreado; y exactamente en ese instante triunfal, a la una menos cuarto, repito, empezó a sonar un organillo en el patio de la casa vecina y acabó de golpe con toda la seriedad que reinaba en la clase. Las ventanas, abiertas de par en par en aquel caluroso día de marzo, dejaron entrar la música sobre las alas de la agradable brisa primaveral. Era una alegre melodía húngara que sonaba como una marcha en el organillo y lo hacía con tanto garbo y vigor que a toda la clase le entraron ganas de sonreír, y más de uno, de hecho, se sonrió. La franja verde en el mechero de Bunsen titilaba con regocijo, y algunos muchachos sentados en la primera fila la contemplaban aún con cierto interés. Los demás, en cambio, miraban por la ventana, que permitía ver los tejados de las casitas vecinas y a lo lejos, bañada por el dorado sol del mediodía, la torre de la iglesia en cuyo reloj las agujas avanzaban, para alivio de todos, rumbo a la hora de marcharse. Mientras miraban por la ventana, otros sonidos iban irrumpiendo en el aula, además de aquellos tonos. Los cocheros hacían sonar las bocinas de sus vehículos, y una criada cantaba en un patio una canción que no guardaba semejanza alguna con la música del organillo. Toda la clase empezó a dar muestras de inquietud. Algunos comenzaban a hurgar entre los libros; los más ordenados limpiaban ya sus plumas; Boka cerraba su pequeño tintero revestido de piel de color rojo y provisto de un mecanismo sumamente ingenioso, de tal manera que nunca se le escapaba la tinta salvo cuando lo guardaba en el bolsillo; Csele recogía las hojas que en su caso sustituían los libros, porque Csele era un dandi y no llevaba la biblioteca entera bajo el brazo como los demás, sino que únicamente solía traer las páginas necesarias, que arrancaba de los volúmenes y repartía con esmero entre sus bolsillos, tanto los exteriores como los interiores; Csónakos bostezaba en la fila de atrás como un hipopótamo que se aburre; Weisz le daba la vuelta a su bolsillo y derramaba las migas que quedaban del cruasán que había ido picando durante la mañana a partir de las diez; Geréb se ponía a mover los pies bajo el pupitre como alguien a punto ya de levantarse; y Barabás abría con descaro el bolso de lona sobre las rodillas, colocaba allí los libros según su tamaño y luego lo cerraba tirando de la correa de cuero con tal fuerza que hasta el pupitre crujía y él mismo se sonrojaba. En una palabra, todo el mundo se preparaba ya para marcharse. Sólo el profesor no se percató de que faltaban cinco minutos para terminar porque paseó la suave mirada por encima de ese montón de cabezas adolescentes y preguntó:

—¿Qué pasa?

Se produjo un enorme silencio. Un silencio de muerte. Barabás se vio obligado a soltar la correa, Geréb escondió los pies bajo el pupitre, Weisz le dio otra vez la vuelta al bolsillo, Csónakos se tapó la boca con la mano, Csele dejó las «hojas» en paz y Boka guardó rápidamente en el bolsillo el tintero rojo que, al percibir dónde estaba, comenzó a soltar poco a poco el hermoso antraceno azul.

—¿Qué pasa? —repitió el señor maestro, y para entonces todos permanecían ya quietos en sus asientos. Miró entonces a la ventana, por la que entraba alegre la melodía del organillo, el cual daba a entender así que no estaba sometido a la disciplina del profesor. Pero este lanzó una severa mirada también hacia el organillo y dijo:

—Csengey, ¡cierra la ventana!

Csengey, el pequeño Csengey, el «primero de la clase», se levantó y se dirigió con su expresión seria y rigurosa a la ventana para cerrarla.

En ese momento, Csónakos, sentado en el borde de la fila, se inclinó hacia un lado y susurró a un muchacho rubio:

—Ojo, Nemecsek.

Nemecsek miró disimuladamente hacia atrás y dirigió después la vista hacia el suelo. Una bolita de papel llegó rodando hacia él. La recogió y la desplegó. En una de las caras de la hoja ponía lo siguiente:

«Pásalo a Boka.»

Nemecsek sabía que era sólo el encabezamiento y que la carta en sí, el verdadero contenido, se hallaba en la otra cara. Nemecsek, sin embargo, era un caballero respetuoso y no quería leer una carta dirigida a otro. Por tanto, volvió a hacer una bola, esperó el momento oportuno, se inclinó hacia el pasillo entre las dos hileras de pupitres y susurró:

—Cuidado, Boka.

Entonces Boka miró al suelo, el medio más adecuado para los mensajes. Y, efectivamente, llegó rodando la pequeña bola de papel. La otra cara, es decir, aquella que el rubio Nemecsek no había leído por honestidad y respeto, ponía lo siguiente:

«Esta tarde reunión a las tres.

Elección de presidente en el terreno. Anunciar.»

Boka guardó el papelito en el bolsillo y dio un último tirón a la correa que sujetaba sus libros. Era la una. Empezó a sonar el timbre eléctrico, y hasta el señor profesor se dio cuenta de que había acabado la clase. Apagó el mechero de Bunsen, señaló los deberes para el día siguiente y se dirigió al laboratorio de ciencias naturales, donde se perdió entre los objetos de su colección, donde los pájaros disecados amontonados en los estantes miraban hacia fuera con estúpidos ojos de cristal cada vez que se abría la puerta y donde permanecía en un rincón, en silencio pero con suma dignidad, el misterio de los misterios, el horror de los horrores: un esqueleto humano amarillecido por el tiempo.

La clase no tardó ni un minuto en salir del aula. Se produjeron salvajes carreras en la gran escalera flanqueada por columnas, que sólo se suavizaban y se convertían en mera prisa cuando la alta figura de un profesor se mezclaba entre los bulliciosos muchachos. Entonces se frenaban los corredores y reinaba por un momento el silencio, pero tan pronto como el maestro desaparecía en una curva, empezaba de nuevo la carrera hacia abajo.

La puerta de salida escupía esa gran cantidad de muchachos. Una mitad se encaminaba hacia la derecha, la otra hacia la izquierda. Y entre ellos aparecían también los profesores, y entonces las pequeñas gorras bajaban volando de las cabezas. Y todos echaban a andar cansados y hambrientos en la calle radiante por el sol. Un ligero aturdimiento se había adueñado de sus mentes, que poco a poco iban absorbiendo las alegres y vitales escenas que ofrecía la ciudad. Parecían pequeños prisioneros liberados que se tambaleaban por esa plétora de aire y de sol, que se adentraban en la ciudad ruidosa, ágil y movida, la cual no era para ellos más que una confusa mezcla de coches, tranvías tirados por caballos, calles y tiendas por la que había que encontrar el camino a casa.

Csele estaba negociando en secreto el precio del *halvá* en un portal vecino. Resulta que el vendedor había aumentado de forma descarada los precios. Como es sabido, el *halvá* cuesta un céntimo en todo el mundo. Esto quiere decir que el vendedor coge su hachita y le da un golpe a la masa blanca rellena de avellanas, y el resultante de ese corte vale un céntimo. De hecho, todo lo que se vendía en aquel portal valía un céntimo, pues esa era la unidad. Un céntimo valían las tres ciruelas espetadas en un palito, los tres medios higos, las tres ciruelas pasas, las tres medias nueces, todo bañado en caramelo. Y un céntimo costaba también un trozo grande de regaliz, al igual que el azúcar cande. Es más, un céntimo valía igualmente el llamado postre de músico, envasado en minúsculas bolsitas, una mezcla sabrosísima de avellanas, uvas pasas, trocitos de azúcar, almendras, basura de la calle, relleno de pastel de alcaravea y moscas. Por un solo céntimo, ese «postre» abarcaba numerosos productos de la industria, así como del mundo vegetal y animal.

Csele regateaba, lo cual quería decir que el vendedor había aumentado los precios. Los expertos en las leyes comerciales saben que los precios aumentan cuando el negocio implica un riesgo. Son caros, por ejemplo, los tés asiáticos transportados en caravanas a través de territorios infestados por bandidos. Nosotros, los europeos occidentales, tenemos que pagar por los peligros que ello conlleva. El vendedor de *halvá* tenía desde luego una mente muy comercial, porque al pobre querían expulsarlo de las proximidades de la escuela. Su pobre cabeza sabía perfectamente que, si lo expulsaban, no tendría más remedio que marcharse y que, por mucho que sonriera a los profesores que pasaban delante, no podía evitar que lo consideraran el enemigo de la juventud, a pesar de todos sus dulces.

—Los muchachos se gastan todo el dinero en el puesto de ese italiano —decían. Y el italiano intuía que a su negocio no le quedaba mucho tiempo al lado del instituto de bachillerato. Conclusión: aumentaba los precios. Ya que tenía que irse, al menos prefería ganar algo. Es lo que dijo a Csele:

—Antes todo valía un céntimo. A partir de ahora todo vale dos.

Mientras soltaba estas palabras chapurreadas en húngaro, gesticulaba ferozmente con su hachita. Geréb susurró al oído de Csele:

—Tira tu sombrero entre los dulces.

A Csele le encantó la idea. ¡Sería una maravilla! ¡Cómo volarían los dulces a diestro y siniestro! ¡Y cómo se divertirían los muchachos!

Geréb, como el diablo, le susurraba al oído las palabras de la tentación:

—¡Tírale el sombrero! Es un usurero.

Csele se quitó el sombrero.

—¿Este hermoso sombrero? —preguntó.

El asunto iba mal encaminado. Geréb se había equivocado de persona para su hermosa propuesta. Porque Csele era un dandi y sólo llevaba las hojas de los libros a clase.

—¿Te da pena? —preguntó Geréb.

—Pues sí, me da pena —respondió Csele—. Pero no creas que soy un cobarde. No soy un cobarde, pero me da pena el sombrero. Y hasta puedo demostrártelo porque, si quieres, le tiro encantado el tuyo.

No se podía decir algo así a Geréb. Era casi una ofensa. Se puso hecho un basilisco. Y dijo:

—Mira, mi sombrero ya lo tiro yo. Este hombre es un usurero. Así que, si te da miedo, vete.

Y con un gesto que en su caso significaba belicosidad se quitó el sombrero, dispuesto a arrojarlo sobre el tablero lleno de golosinas sostenido por unos caballetes.

Alguien, sin embargo, le agarró la mano por detrás. Y una voz seria, casi de adulto, le preguntó:

—¿Qué haces?

Geréb miró hacia atrás. Tenía a Boka a su espalda.

—¿Qué haces? —preguntó este de nuevo.

Le lanzó una mirada seria y tranquila. Geréb gruñó algo, como un león que mira a los ojos al domador. Se amilanó. Se puso el sombrero y se encogió de hombros.

Boka dijo en voz baja:

—No hagas daño a este hombre. La valentía me gusta, pero esto no tiene ningún sentido. ¡Ven!

Y le tendió la mano. Esta estaba llena de tinta. El tintero había ido soltando alegremente el oscuro líquido en su bolsillo, y Boka, sin darse cuenta de nada, sacó la mano de allí. Pero no importó. Boka pasó la mano por el muro, con la consecuencia de que el muro se manchó de tinta pero la mano de Boka no se limpió. Con esto, sin embargo, se daba por concluido el asunto de la tinta. Boka agarró a Geréb del brazo, y ambos echaron a andar por la larga calle. Atrás quedó Csele, el guapito. Aún lo oyeron dirigirse al italiano con voz apagada, con la triste resignación del revolucionario derrotado:

—Pues si a partir de ahora todo vale dos céntimos, pues deme usted por dos céntimos *halvá*.

Incluso lo vieron hurgar en su elegante monederito de color verde. El italiano se sonrió y a buen seguro se preguntó qué pasaría si a partir del día siguiente lo vendía todo... a tres céntimos la unidad. Pero eso era un sueño. Como si alguien soñara que un forinto equivalía a cien. Dio un buen golpe con el hacha en el *halvá* y puso la astilla que se desprendió en un papel.

Csele lo miró con amargura.

—¡Pero si es menos que antes!

El éxito comercial había hecho perder la vergüenza al italiano. Dijo con una sonrisa:

—Pues sí, ahora es más caro y además es menos.

. Y se volvió hacia el siguiente cliente que, aleccionado por este caso, tenía ya los dos céntimos preparados en la mano. Y cortaba la masa de azúcar blanco con unos movimientos extraños, como si fuese el verdugo gigante de alguna leyenda medieval que con un hachita de un palmo desmochaba a unos hombres diminutos cuyas cabezas tenían el tamaño de una avellana. Parecía sentir un placer sanguinario cortando el *halvá*.

—Es horroroso —dijo Csele al otro cliente—, ¡no le compre! Es un usurero.

Y se metió en la boca el trozo entero de *halvá*, al que se le había adherido el papel; no se podía despegar, pero sí lamer.

—¡Esperad! —gritó a Boka y a Geréb, y corrió tras ellos.

Los alcanzó en la esquina, doblaron a la calle Pipa rumbo a la calle Soroksár. Iban los tres del brazo, Boka en el centro, explicando algo en voz baja y tono grave como siempre. Tenía catorce años, y su rostro mostraba pocos rasgos de la edad adulta. Al hablar, sin embargo, ganaba unos cuantos años. Su voz era profunda, seria y melosa. Y sus palabras eran como su voz. Pocas veces decía estupideces y no mostraba ninguna inclinación hacia las travesuras. No intervenía en las pequeñas peleas y se escaqueaba cuando lo llamaban para hacer de árbitro. Había aprendido que una de las partes siempre se marcha amargada después de la sentencia y achaca su amargura al juez. No obstante, cuando el problema iba a más y la riña alcanzaba dimensiones que requerían casi la intervención de un profesor, Boka tomaba cartas en el asunto para poner paz. Y nadie se enfada con el pacificador. De manera que Boka parecía un muchacho listo y empezaba su andadura como alguien que, aunque no llegara lejos en la vida, se revelaría como un hombre honesto.

El camino a casa exigía dejar atrás la calle Soroksár y doblar a la calle Köztelek. El sol primaveral brillaba con dulzura en aquella tranquila callecita, y se oía el ligero zumbido de la fábrica de tabaco que bordeaba una de las aceras. Sólo se veía a dos personas. Estaban por la mitad de la calle y esperaban.

Uno era Csónakos, el fuerte; el otro, el rubiecito Nemecsek.

Al ver a los tres muchachos que acudían del brazo, Csónakos, contento, se llevó dos dedos a la boca y silbó con una fuerza tal que parecía una locomotora de vapor. El silbido era, por cierto, su especialidad. Nadie sabía imitarlo en la cuarta clase del instituto; es más, en todo el colegio sólo unos pocos eran capaces de entender cómo funcionaba ese chiflido de cochero. Quizá solamente Cinder, el presidente del círculo de lectura, sabía silbar como él, pero dejó de hacerlo tan pronto como fue nombrado presidente. A partir de entonces no se llevó nunca más los dedos a la boca. No convenía a un presidente del círculo de lectura que se sentaba todos los miércoles por la tarde junto al profesor de húngaro en la cátedra.

Csónakos soltó, pues, un chiflido. Los muchachos llegaron al punto donde estaba y se quedaron todos juntos en medio de la calle.

Csónakos se volvió hacia el rubiecito Nemecsek.

—¿A ellos no se lo has contado todavía?

—No —respondió Nemecsek.

Los demás preguntaron todos a la vez:

—¿Qué?

Csónakos respondió en lugar del pequeño rubio:

—Ayer volvieron a decir *einstand* en el Musío.

—¿Quiénes?

—Pues los Pásztor. Los dos.

Se produjo entonces un enorme silencio.

Para esto hay que saber lo que significa *einstand*. Es una palabra peculiar utilizada por los niños de Pest. Cuando un muchacho más fuerte ve a uno más débil jugar a canicas o a otra cosa y desea quitarle el juego, le dice: *einstand*. Esta fea palabra alemana quiere decir que el fuerte considera la canica un botín de guerra y está dispuesto a utilizar la fuerza si el otro se atreve a oponer resistencia. Por tanto, *einstand* es también una declaración de guerra. Es al mismo tiempo el anuncio breve pero sustancioso del estado de emergencia, de la aplicación de la fuerza, de la ley del más fuerte y del gobierno del bandidaje.

Csele fue el primero en hablar. Él, el finolis, reaccionó espantado:

—¿Dijeron *einstand*?

—Pues sí —dijo el pequeño Nemecsek, envalentonado al ver que el asunto había surtido tan profundo efecto.

Entonces fue Geréb el que estalló:

—¡Esto no se puede seguir tolerando! Llevo mucho tiempo diciendo que hay que hacer algo, pero Boka siempre hace una mueca de disgusto. Si no hacemos nada, acabarán pegándonos.

Csónakos se llevó los dos dedos a la boca, en señal de que se disponía a chiflar de alegría. Siempre se mostraba dispuesto a sumarse alegremente a cualquier revolución. Pero Boka le agarró las manos.

—¡No me ensordezcas! —le espetó. Y con tono serio preguntó al rubiecito—: ¿Y cómo pasó?

—¿El *einstand*?

—Pues sí. Para empezar, ¿cuándo?

—Ayer por la tarde.

—¿Y dónde?

—En el Musío.

Así llamaban a los jardines del Museo.

—Cuéntamelo tal como ocurrió, pero exactamente, porque tenemos que conocer la verdad para actuar contra ellos...

El pequeño Nemecsek se mostró nervioso al darse cuenta de que se había convertido en el centro de algo importante. Pocas veces le sucedía. Nemecsek era transparente para todos. Como el número uno en las matemáticas, no dividía ni multiplicaba. Nadie se ocupaba de él, un muchachito insignificante, flaco y débil; quizá precisamente por eso, la persona idónea para convertirse en víctima. Comenzó a hablar, y los muchachos juntaron las cabezas.

—Ocurrió —dijo— que después de comer fuimos al Musío, Weisz y Richter y Kolnay y Barabás y yo. Primero quisimos jugar a *méta* en la calle Esterházy,[1] pero la pelota pertenecía a los del instituto general y técnico, y no nos dejaron. Entonces Barabás dijo: «Vamos al Musío y juguemos a canicas junto al muro.» Y nos fuimos todos al Musío y empezamos a jugar a canicas junto al muro. Jugábamos a que cada uno tiraba una canica y si uno acertaba en una bola que ya estaba tirada, se quedaba con todas. Las íbamos tirando uno por uno, había unas diez canicas junto a la pared, dos de ellas de cristal. Y de repente Richter grita: «¡Se acabó, que vienen los Pásztor!» Pues sí, los Pásztor doblaban la esquina, las manos en los bolsillos, la cabeza gacha, con una parsimonia que nos asustó. En vano éramos cinco, pues ambos tenían tal fuerza que podían apalear hasta a diez. Y a nosotros tampoco se nos podía contar como cinco, porque Kolnay huye corriendo cada vez que se presenta algún problema, y Barabás también huye, así que a lo sumo se nos podía tener por tres. Y dado el caso yo también huyo corriendo, así que sólo se podía contar con dos. Y si nos marchábamos los cinco corriendo, tampoco servía de nada, porque los Pásztor, los mejores corredores del Musío, nos habrían alcanzado de todas maneras. O sea, que venían los Pásztor, se acercaban más y más y miraban las canicas. Le digo a Kolnay: «Oye, que a estos les gustan nuestras canicas.» Y Weisz fue el más listo porque enseguida dijo: «Que vienen, que vienen, y esto acabará en *einstand*.» Yo pensé que no nos harían daño, porque nosotros nunca los habíamos molestado. Al principio ni siquiera nos fastidiaron. Se pusieron allí y miraron el juego. Kolnay me su-

---

1. *Méta*: juego con bate y pelota que se jugaba sobretodo en los colegios y se asemeja un poco al béisbol. (*N. del t.*)

surra al oído: «Oye, Nemecsek, dejémoslo.» Y yo le digo: «Claro, tú ya has tirado tu bola y no has acertado. Ahora me toca a mí. Si gano, terminamos.» Mientras, Richter hacía rodar su canica, pero como le temblaba la mano por el miedo, no dio en el blanco, claro. Y los Pásztor no se movían, seguían impávidos, las manos en los bolsillos. Y entonces hice rodar mi canica y acerté. Había ganado todas las canicas. Iba a recogerlas, unas treinta bolas en total, cuando uno de los Pásztor, el más pequeño, se me planta delante y me grita: «¡*Einstand*!» Miré para atrás: Kolnay y Barabás ya huían, Weisz estaba pegado a la pared, blanco como esta, y Richter reflexionaba sobre si había de largarse corriendo o no. Primero lo probé por la vía honesta. Les dije: «Por favor, no tenéis derecho.» Para entonces, el mayor de los Pásztor estaba ya recogiendo las canicas y metiéndoselas en el bolsillo. El pequeño me agarró del abrigo a la altura del pecho y me gritó: «¿No te has enterado de que es *einstand*?» Entonces ya no dije nada, claro. Weisz se puso a lloriquear junto al muro. Y Kolnay y Kende espiaban desde la esquina del Musío, ansiosos por saber qué pasaría. Los Pásztor recogieron todas las canicas sin decir palabra y se marcharon. Allí se acabó.

—¡Inaudito! —exclamó indignado Geréb.

—¡Un auténtico robo!

Eran las palabras de Csele. Csónakos soltó un silbido, en señal de que el aire estaba cargado de pólvora. Boka guardaba silencio y reflexionaba. Todos lo miraron a él. Querían saber la opinión de Boka respecto a una situación que provocaba desde hacía meses las quejas de todo el mundo, pero que hasta entonces él no se había tomado en serio. Sin embargo, la injusticia de este caso, que clamaba al cielo, irritó incluso a Boka.

Habló en voz baja:

—Pues ahora nos vamos a almorzar. Y por la tarde nos encontramos en el terreno. Allí lo hablamos todo. Ahora yo también opino que este asunto es inaudito.

Todos se quedaron encantados con su declaración. Boka les pareció simpatiquísimo en ese momento. Los muchachos lo miraron con afecto, contemplaron sonriendo su inteligente cabecita, sus radiantes ojos negros en los que ardía un fuego combativo. Habrían querido besar a Boka, que por fin se había indignado.

Echaron a andar rumbo a casa. Una festiva campana sonaba en algún lugar del barrio de Józsefváros, lucía el sol, y era todo hermoso, todo alegría. Los muchachos se hallaban frente a grandes cosas. Se encendió en ellos el deseo de actuar, y estaban ansiosos por saber qué pasaría. Porque si Boka decía que algo tenía que ocurrir, iba a ocurrir, ¡seguro!

Caminaron rumbo a la avenida Üllői. Csónakos se quedó rezagado con Nemecsek. Cuando Boka se volvió hacia atrás para ver qué hacían, los vio ante una de las ventanas del sótano de la tabacalera, sobre la que se había depositado una capa gruesa y amarilla de fino polvo de tabaco.

—*¡Tubaco!* —exclamó contento Csónakos, y volvió a chiflar y se llenó la nariz de ese polvo amarillo.

Nemecsek, el monito, se rió de todo corazón. Él también cogió una pizca con la punta del dedo meñique y la aspiró. Estornudando se fueron ambos por la calle Köztelek, contentos por el descubrimiento. Csónakos soltaba grandes y atronadores estornudos, como un cañón. Los del pequeño rubio eran delicados, como los de un conejillo de Indias cuando lo molestan. Y no paraban de estornudar, de reír, de correr, y era tan enorme su regocijo que incluso se olvidaron de aquella enorme injusticia que hasta el propio Boka, el silencioso y serio Boka, había definido como inaudita.

Capítulo 2

El terreno... Vosotros, bellos y sanos estudiantes de la Gran Llanura, que sólo tenéis que dar un paso para encontraros en la interminable pradera, bajo la enorme y maravillosa bóveda celeste, que estáis acostumbrados a contemplar la lejanía y las grandes distancias, que no residís apretados entre altos edificios, vosotros no sabéis lo que significa un solar vacío para un niño de Pest. A este, le supone su gran llanura, su pradera, su desierto. Le supone la infinitud y la libertad. Un trocito de tierra limitado por una enclenque valla a un lado y por grandes muros a los otros. En aquel terreno de la calle Pál se alza ahora una enorme y melancólica casa de cuatro plantas, llena de habitantes, de los cuales ninguno sabe quizá que ese pedacito de tierra sirvió a unos estudiantes de instituto de Pest para jugar.

El terreno estaba desierto, como corresponde a un baldío. Su valla bordeaba la calle Pál. Estaba flanqueado a derecha e izquierda por sendos grandes edificios y atrás... Sí, atrás estaba aquello que volvía interesante y extraordinario el terreno. Había allí otro gran solar. Y ese otro gran solar lo alquilaba una serrería de vapor, de manera que estaba lleno de pilas de leña.

Allí se amontonaba la leña en cuadrados regulares, entre los cuales transcurrían pequeñas calles, un auténtico laberinto. Entre cincuenta y sesenta calles se cruzaban entre las mudas y oscuras pilas, y no resultaba fácil orientarse en ese dédalo. Quien lo conseguía a trancas y barrancas iba a parar a una plazoleta en la que se levantaba una casita. Era la serrería de vapor. Una pequeña edificación, extraña, misteriosa, temible. La hiedra la cubría toda entera durante el verano y entre las hojas verdes rebufaba una diminuta y delgada chimenea negra que iba escupiendo el vapor blanco y limpio, con la puntualidad de un reloj, en intervalos regulares. En esos momentos, al oír desde lejos aquel resoplido, uno creía que una locomotora trataba en vano de ponerse en marcha entre las pilas de leña.

Grandes y toscos vehículos de transporte de leña esperaban alrededor de la casita. De vez en cuando, uno de los coches se ponía bajo el alero y entonces se oían chirridos y crujidos. Bajo el alero de la casita había un ventanuco, del que salía un canal de madera. Cuando el coche se ponía bajo el ventanuco, empezaba a caer del canal la leña, que parecía fluir como agua hacia el gran carruaje, pues iba cayendo sin parar. Y cuando el coche se llenaba, el cochero soltaba un grito. Entonces la pequeña chimenea dejaba de rebufar, reinaba de pronto un profundo silencio en la casita, el cochero gritaba a los caballos, y estos se ponían en movimiento con el vehículo cargado. Después, otro carruaje vacío y hambriento se ponía bajo el alero y volvía a salir el vapor de la chimenea de hierro negra y volvía a caer la leña. Así transcurría esto desde hacía años. La leña cortada por la máquina en la casita era remplazada por otra, que traían unos carros al terreno. Por tanto, las pilas de leña nunca se agotaban en aquel solar enorme y el chirrido de la sierra de vapor no cesaba jamás. Ante la casita se alzaban unas raquíticas moreras, y al pie de una de ellas había una choza torpemente ensamblada. Allí vivía el eslovaco, que vigilaba la leña por la noche para que no la robaran ni le prendiesen fuego.

¿Se necesitaba un lugar más maravilloso para divertirse? Nosotros, niños de ciudad, desde luego no lo necesitábamos. No podíamos imaginar nada más bonito, nada más indígena. El terreno de la calle Pál era una llanura magnífica, el sustituto perfecto de la pradería americana. La parte de atrás, la leñera, era todo lo demás: la ciudad, el bosque, la montaña rocosa. Es decir, era cada día lo que se decidía que fuese. Sobre las pilas más altas habían construido castillos y fortalezas. Boka decidía qué punto concreto había que reforzar. La construcción de las fortalezas corría a cargo de Csónakos y Nemecsek. Las había en cuatro o cinco sitios, y cada una tenía su capitán. Capitán, teniente, subteniente. He ahí el ejército. Por desgracia no había soldados rasos, salvo uno. En todo el terreno, los capitanes, los tenientes y los subtenientes daban órdenes a un solo soldado, adiestraban a un solo soldado, condenaban a un solo soldado a prisión en las mazmorras del castillo por haber cometido alguna infracción.

Probablemente no hace falta decir que ese único soldado raso era Nemecsek, el rubiecito Nemecsek. Los capitanes, tenientes y subtenientes se saludaban jovialmente en el terreno aunque se encontraran cien veces en el transcurso de una tarde. De pasada, se llevaban la mano a la visera y decían:

—¡Hola!

Sólo el pobre Nemecsek había de cuadrarse cada dos por tres y saludar sin decir palabra, manteniendo una postura rígida. Quienes pasaban junto a él le gritaban:

—¡Ojo al parche!

—¡Taconazo!

—¡Pecho fuera, vientre dentro!

—¡Firme! ¡Ar!

Y Nemecsek obedecía a todos, feliz y contento. Hay muchachos a los que les gusta obedecer. La mayoría, sin embargo, prefería dar órdenes. Así son los hombres. Por eso era natural que en el terreno todos fuesen oficiales, exceptuando a Nemecsek, el soldado raso.

A las dos y media de la tarde no había nadie todavía en el terreno. Delante de la choza había extendida una manta, sobre la cual dormía tranquilamente el eslovaco. El eslovaco dormía de día, ya que por las noches se paseaba entre las pilas de leña o se sentaba en lo alto, en una de las fortalezas, a contemplar el mundo iluminado por la luna. La sierra de vapor zumbaba, la pequeña chimenea negra escupía níveas nubecitas de vapor y la leña cortada iba cayendo en el enorme vehículo.

Cinco minutos después de las dos y media chirrió la portezuela de la calle Pál, y entró Nemecsek. Extrajo un pedazo grande de pan de su bolsillo y, al ver que los demás no habían llegado aún, comenzó a mordisquear la corteza. Antes, sin embargo, echó cuidadosamente el pestillo a la puerta, pues, según una de las leyes más importantes del terreno, quien entraba estaba obligado a correr el cerrojo. Quien se olvidaba bien podía contar con una condena a prisión en la fortaleza. En general, la disciplina militar era bastante rigurosa.

Nemecsek se sentó en una piedra y esperó a los demás comiendo su corteza de pan. Ese día, el terreno se vislumbraba sumamente interesante. Se percibía en el aire que iban a suceder grandes cosas y, por qué negarlo, Nemecsek se sentía muy orgulloso de ser miembro del terreno, de la célebre sociedad de los muchachos de la calle Pál. Masticó un rato el pan y luego, aburrido, se dirigió hacia las pilas de leña. Andando por las callejuelas, de pronto se topó con el enorme perro negro del eslovaco.

—¡Hektor! —exclamó amablemente, pero Hektor no se mostró con ganas de devolver el saludo. Movió ligeramente la cola, lo cual significa entre los perros lo mismo que cuando, en un momento de prisa, nos limitamos a levantar ligeramente el ala del sombrero. Después siguió corriendo al tiempo que ladraba airado. El rubio Nemecsek lo siguió. Hektor se paró al pie de una pila de leña y comenzó a ladrarle con vehemencia. La pila era una de aquellas sobre las cuales los muchachos habían construido una fortaleza. En lo alto del montón había un pretil construido con leños y una pequeña bandera roja y verde ondeaba en un palo delgado. El perro correteaba alrededor de la fortaleza y no paraba de ladrar.

—¿Qué pasa? —le preguntó el rubiecito, que se llevaba muy bien con el perro negro. Tal vez porque, aparte de él, Hektor era el único soldado raso en el ejército.

Alzó la vista hacia la fortaleza. No vio allí a nadie, pero notó que alguien se movía. Se puso, pues, en movimiento y se encaramó agarrándose de los extremos que sobresalían. Estaba a medio camino cuando oyó de forma clara y distinta que alguien ponía y quitaba leños allá arriba. El corazón comenzó a latirle con fuerza y le entraron ganas de volver atrás. Pero cuando miró hacia abajo y vio allí a Hektor, volvió a cobrar ánimo.

—¡No tengas miedo, Nemecsek! —dijo para sí y siguió escalando con cuidado. Aprovechaba cada grado que subía para darse más ánimos. No paraba de decir—: ¡No tengas miedo, Nemecsek! Llegó a lo alto de la pila. Allí se dijo por última vez: «¡No tengas miedo, Nemecsek!», en el preciso momento en que se disponía a pasar por encima de la barandilla de la fortaleza, pero la pierna con la que quería dar aquel paso se le quedó en el aire por el susto.

—¡Jesús! —gritó.

Bajó a toda velocidad, agarrándose de los escalones. Al llegar abajo, oía los latidos del corazón. Alzó la vista hacia la fortaleza. Junto a la bandera, con el pie derecho apoyado en el pretil de la fortaleza, estaba Feri Áts, el terrible Feri Áts, el enemigo de todos, el líder del grupo del Jardín Botánico. El viento hacía ondear su amplia camisa roja, y él dibujó una sonrisa burlona.

Desde arriba dijo al muchachito:

—¡No tengas miedo, Nemecsek!

Pero Nemecsek tenía miedo; es más, ya corría. El perro negro corría tras él, y juntos tomaron las curvas entre las pilas de leña rumbo al terreno. Llevado por las alas del viento, el grito sarcástico de Feri Áts los siguió:

—¡No tengas miedo, Nemecsek!

Sin embargo, cuando volvió la vista desde el solar, la camisa roja de Feri Áts no estaba ya en lo alto de la fortaleza. Pero, además, faltaba la bandera. Se había llevado la banderita rojiverde que había cosido la hermana mayor de Csele. Desapareció entre las pilas de leña. Tal vez salió por la calle Mária, por el lado de la serrería de vapor, pero también era posible que se escondiera con sus amigos, los Pásztor.

Al imaginar la presencia de los Pásztor, Nemecsek sintió un escalofrío en la espalda. Ya sabía lo que significaba encontrarse con ellos. Sin embargo, era la primera vez que veía de cerca a Feri Áts. Se asustó mucho al verlo, pero había de reconocer sinceramente que el muchacho le gustó. Era guapo, moreno, de hombros anchos, y la camisa amplia y roja le quedaba de maravilla. Confería algo guerrero a su aspecto. Esa camisa roja hacía que se pareciese a un «garibaldi». Los del Jardín Botánico, por cierto, solían usar camisas rojas porque todos imitaban a Feri Áts.

Llamaron a la portezuela del terreno con cuatro golpes en intervalos regulares. Nemecsek respiró aliviado. Los cuatro golpes eran la señal de los muchachos de la calle Pál. Se acercó corriendo a la puerta cerrada con el pestillo y la abrió. Era Boka, acompañado de Csele y Geréb.

Nemecsek, aunque ansioso por contarles la terrorífica noticia, no olvidó que era un simple soldado raso y que debía respeto a los tenientes y capitanes. Por tanto, se cuadró y saludó con rigor.

—¡Hola! —dijeron los recién llegados—. ¿Alguna novedad?

Nemecsek, que jadeaba, habría querido explicarles todo de un tirón.

—¡Terrible! —gritó.

—¿Qué?

—¡Horroroso! ¡No lo vais a creer!

—Pero ¿qué?

—Feri Áts ha estado aquí.

Esta vez les tocó a los otros tres. De repente pusieron cara seria.

—¡No es verdad! —dijo Geréb.

Nemecsek se llevó la mano al pecho.

—¡Lo juro por Dios!

—¡No andes jurando! —le espetó Boka y, para poner más hincapié en sus palabras, le gritó—: ¡Firme! ¡Ar!

Nemecsek dio un taconazo. Boka se le acercó.

—Cuéntanos con todo detalle lo que has visto.

—Cuando me metí por las calles —dijo—, el perro estaba ladrando. Lo seguí, y oí un crujido en la fortaleza central. Me encaramé, y en lo alto estaba Feri Áts con su camisa roja.

—¿En lo alto? ¿De la fortaleza?

—En lo alto —respondió el rubiecito, a punto de corroborarlo con un juramento. Tenía ya puesta la mano en el pecho, pero la mirada severa de Boka lo frenó. Y entonces añadió—: Y se llevó también la bandera.

Csele soltó un silbido.

—¿La bandera?

—Así es.

Los cuatro acudieron corriendo al lugar. Nemecsek se mantuvo humildemente a la zaga, en parte porque era soldado raso, pero en parte también porque no podía saberse si en las calles se escondía o no Feri Áts. Se detuvieron ante la fortaleza. En efecto, faltaba la bandera. Incluso el asta había desaparecido. Estaban todos muy nerviosos, sólo Boka conservó la sangre fría.

—Dile a tu hermana —dijo a Csele— que mañana cosa otra bandera.

—Vale —respondió Csele—, pero se ha quedado sin tela verde. Tiene roja, pero no verde.

Boka reaccionó con tranquilidad:

—¿Tiene tela blanca?

—Sí.

—Pues entonces que haga una bandera rojiblanca. A partir de ahora, nuestros colores serán el rojo y el blanco.

Se conformaron. Geréb gritó a Nemecsek:

—¡Soldado!

—¡Presente!

—Para mañana corrija usted el reglamento. A partir de entonces nuestros colores no serán rojiverdes, sino rojiblancos.

—¡Sí, mi teniente!

Y Geréb condescendió a decir al rubiecito, que seguía en posición firme:

—¡Descanse! ¡Ar!

Y el pequeño rubio «descansó». Los muchachos subieron a la fortaleza y constataron que Feri Áts había roto el asta de la bandera. Estaba clavada a un leño, y el trocito que quedaba debajo del clavo seguía allí tristemente.

Se oyeron gritos desde el terreno.

—*¡Holahaló! ¡Holahaló!*

Era la contraseña. Por lo visto, habían llegado ya los demás, y los buscaban. Se oían los agudos timbres infantiles:

—*¡Holahaló! ¡Holahaló!*

Csele llamó entonces a Nemecsek:

—¡Soldado!

—¡Presente!

—¡Responda a los demás!

—Sí, mi teniente.

Poniendo las manos ante la boca a modo de bocina, gritó con su delicada voz infantil:

—*¡Holahaló!*

Bajaron entonces y se dirigieron hacia la llanura. En medio de esta se encontraban los demás formando un grupo: Csónakos, Weisz, Kende, Kolnay y otros. Al ver a Boka, todos se cuadraron, porque era el capitán.

—¡Hola! —los saludó Boka.

Kolnay, rodeado por los demás, dijo:

—Comunico con todos mis respetos que la portezuela no estaba cerrada cuando entramos. Según el reglamento, la puerta debe estar cerrada por dentro con el pestillo.

Boka volvió la vista hacia atrás y recorrió con la mirada a

su séquito. Y los otros miraron todos a Nemecsek. Este volvía a tener la mano en el pecho y se disponía ya a jurar cuando el capitán preguntó:

—¿Quién fue el último en entrar?

Se hizo un profundo silencio. Nadie fue el último. Por unos momentos todos callaron. Entonces se le iluminó la cara a Nemecsek. Dijo:

—El señor capitán fue el último.

—¿Yo? —preguntó Boka.

—Sí.

Boka se quedó pensando un rato.

—Tienes razón —dijo luego en tono serio—. Me olvidé de echar el pestillo a la puerta. Por tanto, apunte mi nombre en la lista negra, señor teniente.

Se volvió hacia Geréb. Geréb extrajo del bolsillo un bloc de notas de color negro y escribió con grandes letras: «János Boka.» Y para recordar el asunto añadió: «Puerta.»

Esto gustaba a los muchachos. Boka era un chico justo. El castigo impuesto a sí mismo suponía un maravilloso ejemplo de virilidad que no se escuchaba siquiera en las clases de latín, y eso que en las clases de latín pululaban las personalidades romanas. Pero Boka era también humano. No estaba libre de flaquezas y debilidades. Bien es cierto que mandó apuntar su nombre, pero se volvió hacia Kolnay, el que había avisado de que la puerta estaba abierta.

—¡Y tú, que no paras de hablar! ¡Señor teniente, apunte también a Kolnay en la lista negra, por chivato!

El señor teniente volvió a sacar el terrible bloc de notas del bolsillo y escribió allí el nombre de Kolnay. Y Nemecsek, detrás de todos, se alegró tanto que bailó en silencio un breve *csárdás*, pues esta vez no lo apuntaban a él en el bloc. Se ha de saber que en ese cuaderno sólo aparecía un apellido, el de Nemecsek. Todos, por cualquier motivo, siempre sólo mandaban apuntarlo a él. Y el tribunal, que se reunía los sábados, siempre lo condenaba a él. No había manera de evitarlo, era así. Claro, era el único soldado raso.

Acto seguido se celebró una gran asamblea. Al cabo de unos minutos todo el mundo conocía la importante noticia de que Feri Áts, el capitán de los camisas rojas, se había atrevido a adentrarse en el corazón del terreno, se había subido a la fortaleza central y se había llevado la bandera. El espanto era generalizado. Todo el grupo rodeó a Nemecsek, que fue ampliando con más y más detalles la sensacional noticia.

—¿Y te dijo algo?

—Claro —respondió Nemecsek con orgullo.

—¿Qué?

—Me gritó.

—¿Qué te gritó?

—Me gritó: «¿No tienes miedo, Nemecsek?»

En ese momento, el rubiecito tragó un poco, consciente de que no era del todo cierto. Es más, era todo lo contrario de la verdad. Sonaba como si se hubiera mostrado muy, pero que muy valiente, hasta el punto de que Feri Áts se extrañó y le preguntó: «¿No tienes miedo, Nemecsek?»

—¿Y no tenías miedo?

—¡Qué va! Me paré ante la fortaleza. Y él se bajó por un costado y desapareció. Salió corriendo.

Geréb intervino:

—¡No es verdad! ¡Feri Áts nunca sale corriendo ante nadie!

Boka miró a Geréb:

—Vaya, lo defiendes.

—Lo digo —respondió en voz más baja Geréb— porque no es probable que Feri Áts se espantara por la presencia de Nemecsek. Entonces todos echaron a reír. Desde luego, no era muy probable. Nemecsek, confuso en medio del grupo, se limitó a encogerse de hombros. Después fue Boka el que se puso en el centro:

—Pues habrá que hacer algo, muchachos. Hemos convocado elecciones presidenciales para hoy. Elegiremos al presidente, a uno con plenos poderes, de manera que tengamos que obedecer a todas sus órdenes. Puede que esto acabe en guerra, y entonces se necesitará a alguien que resuelva las cosas en el acto, como en las batallas de verdad. ¡Soldado, dé un paso adelante! ¡Firme! ¡Ar! Prepare unas papeletas, tantas como los que estamos presentes. Cada uno escribirá en el papel el nombre del que quiera para presidir nuestra sociedad. Después pondremos los papelitos en un sombrero y quien obtenga la mayoría de votos será nombrado presidente.

—¡Viva! —gritaron todos al unísono, y Csónakos se puso los dedos entre los labios y silbó como una trilladora. De los cuadernos salieron hojas, y Weisz cogió el lápiz. Atrás, dos discutían por ver de quién sería el sombrero al que correspondería el honor. Kolnay y Barabás, que siempre andaban peleados, a punto estuvieron de llegar a las manos. Según Kolnay, el sombrero de Barabás no servía porque estaba impregnado de grasa. Para Kende, a su vez, el de Kolnay era aún más graso. Enseguida los sometieron a la prueba de la grasa. Con un cuchillito rasparon la cinta interior de piel de cada uno. Pero llegaron tarde. Csele había entregado ya su elegante sombrerito negro para el objetivo común. No había nada que hacer, en cuestión de prendas para cubrir la cabeza nadie podía superar a Csele.

Nemecsek, sin embargo, en vez de repartir las papeletas, aprovechó, para asombro de todos, la ocasión de acaparar por un momento la atención y dio un paso adelante con los papeles en su sucia manita. Se cuadró y dijo con voz temblorosa:

—Señor capitán, no está bien que yo sea siempre el único soldado raso... Desde que fundamos la sociedad, todos han ascendido a oficiales, sólo yo me he quedado en simple soldado, y a mí todos me dan órdenes... yo tengo que hacerlo todo... y... y...

En ese instante el rubio se emocionó y gruesas lágrimas empezaron a resbalar por su delicada carita.

Csele intervino con tono distinguido:

—Hay que excluirlo. Está llorando.

Una voz habló desde atrás:

—Le va a dar una llantera.

Todos se echaron a reír. Y eso amargó definitivamente a Nemecsek. Se sintió muy desgraciado el pobrecito y empezó a derramar lágrimas, incapaz de contenerlas. Dio rienda suelta al llanto, y mientras lloraba decía:

—Mirad... en la... en la... la lista negra... siempre me apuntan... a mí... a mí... soy el perro...

Boka dijo tranquilamente:

—Si no dejas de llorar ahora mismo, no podrás seguir viniendo con nosotros. Nosotros no jugamos con ratas.

La palabra «rata» surtió el efecto deseado. Nemecsek, el pobrecito Nemecsek, se asustó mucho y poco a poco dejó de llorar. El capitán, a su vez, le puso la mano en el hombro.

—Si te portas bien y te distingues, en mayo podrás ser nombrado oficial. Por el momento sigues siendo un soldado raso.

Los demás lo apoyaron, porque si Nemecsek hubiera sido ascendido a oficial ese mismo día, ya nada habría tenido sentido. No habría habido nadie a quien dar órdenes. Se oyó entonces la voz estentórea de Geréb:

—¡Soldado, sáquele punta a este lápiz!

Dieron a Nemecsek el lápiz de Weisz, cuya punta se había roto entre las canicas en el bolsillo. Y el soldado raso cogió obedientemente el lápiz; con lágrimas en los ojos, lágrimas en las mejillas, permanecía en posición de firme; y entonces empezó a sacarle punta al lápiz al tiempo que moquiteaba como ocurre después de las grandes llanteras, y en ese lápiz Hardtmuth del número dos puso él toda su pesadumbre, toda la amargura de su pequeño corazón.

—Ya... ya... ya le he sacado la punta, señor teniente.

Devolvió el lápiz con un gran suspiro. Y con ese suspiro renunció por el momento al ascenso.

Repartieron las papeletas. Todo el mundo se apartó, cada uno se fue a un sitio distinto, pues se trataba de un asunto de suma importancia. El soldado raso recogió luego las papeletas y las introdujo en el sombrero de Csele. Mientras iba del uno al otro con el sombrero, Barabás dio a Kolnay un empujón en el costado:

—También tiene grasa.

Kolnay echó un vistazo al sombrero. Ambos se dieron cuenta de que no tenían de qué avergonzarse. Si el de Csele estaba impregnado de grasa, quería decir que había llegado el fin del mundo.

Boka fue leyendo en voz alta los nombres que figuraban en las papeletas y las fue pasando a Geréb. Se juntaron catorce papeletas. Las leyó una por una: János Boka, János Boka, János Boka. Luego, de repente: Dezső Geréb. Los muchachos se miraron. Sabían que era la papeleta de Boka. Había votado por Geréb por cortesía. Luego volvió a aparecer una y otra vez el nombre de Boka. Después, de nuevo una papeleta con el nombre de Dezső Geréb. Y a continuación, otra con el de Geréb. En consecuencia, once habían votado por Boka y tres por Geréb. Este sonreía con cierta turbación. Era la primera vez que aparecía abiertamente como contrincante de Boka en el grupo. Y esos tres votos le sentaron bien. A Boka, en cambio, le dolieron dos de aquellos tres votos. Por un momento se preguntó quiénes podían ser esos dos a los que no gustaba, pero luego se tranquilizó.

—Pues bien, he sido elegido presidente.

Una vez más, prorrumpieron en vivas, y Csónakos volvió a silbar. Aunque todavía con lágrimas en los ojos, Nemecsek también se sumó entusiasmado a los gritos de júbilo. Quería mucho a Boka.

El presidente, por su parte, instó a todos a callar porque quería decir unas palabras:

—Gracias, muchachos —dijo—, y ahora pongámonos manos a la obra. Supongo que todos sois conscientes de que los camisas rojas quieren arrebatarnos el terreno y las pilas de leña. Ayer, los Pásztor quitaron las canicas a los muchachos y hoy Feri Áts ha andado por aquí y se ha llevado nuestra bandera. Tarde o temprano vendrán para echarnos. ¡Pero nosotros vamos a defender esta plaza!

Csónakos lo interrumpió con un grito:

—¡Viva el terreno!

Volaron los sombreros. Todos gritaron a voz en cuello, con entusiasmo:

—¡Viva el terreno!

Recorrieron con la mirada el gran terreno y las pilas de leña, iluminados por el delicioso sol de la tarde primaveral. Se percibía en la expresión de sus ojos que les gustaba ese trocito de tierra y que estaban dispuestos a luchar por él en caso de necesidad. Era una forma de amor patrio. Gritaban: «¡Viva el terreno!» como si gritaran: «¡Viva la patria!» Brillaron sus ojos, y a todos se les inflamó el corazón.

Boka, sin embargo, continuó:

—Antes de que ellos vengan aquí, nosotros iremos adonde ellos, ¡al Jardín Botánico!

En otro momento, los muchachos tal vez habrían retrocedido ante un plan tan atrevido. En esa hora de entusiasmo, sin embargo, todos gritaron enfervorizados:

—¡Vamos para allá!

Y después de que todos gritaran que iban para allá, Nemecsek también levantó la voz: «¡Vamos para allá!» El pobre de todas maneras iría a la zaga, llevando los abrigos de los señores oficiales. Y entonces se oyó una voz vinosa entre las pilas de leña. Gritaba lo mismo: «¡*Pamos pallá!*» Miraron hacia ese lado. Era el eslovaco. Allí estaba, con la pipa entre los labios, sonriendo. A su lado, Hektor. Los muchachos rieron. Y el eslovaco los imitó: lanzó su sombrero al aire y exclamó:

—¡*Pamos pallá!*

Así concluyó el procedimiento oficial. Acto seguido tocaba jugar a *méta*. Alguien gritó con tono arrogante:

—Soldado, vaya al depósito y traiga la pelota y el bate.

Nemecsek se fue corriendo al depósito. Este se hallaba bajo una pila de leña. Se metió debajo y sacó la pelota y el bate. Junto a la pila estaba el eslovaco, y a su lado, Kende y Kolnay. Kende tenía el sombrero del eslovaco en la mano y Kolnay lo sometía a la prueba de la grasa. Desde luego, el sombrero del eslovaco era el más grasiento de todos.

Boka se acercó a Geréb.

—Has recibido tres votos —le dijo.

—Sí —respondió orgulloso Geréb y lo miró a los ojos con determinación.

Capítulo 3

Al día siguiente por la tarde, después de la clase de estenografía, el plan de batalla estaba ya listo. La clase acabó a las cinco y se encendieron las farolas en las calles. Al salir del colegio, Boka dijo a los muchachos:

—Antes de atacar les demostraremos que somos tan valientes como ellos. Me haré acompañar por mis dos hombres más intrépidos y juntos iremos al Jardín Botánico. Nos adentraremos en su isla y fijaremos con un clavo este papel en un árbol.

Entonces sacó del bolsillo un papelito de color rojo, que llevaba escritas en mayúsculas las siguientes palabras:

¡AQUÍ HAN ESTADO LOS MUCHACHOS DE LA CALLE PÁL!

Los demás contemplaron el papel con devoción. Csónakos, que no estudiaba estenografía, pero se había acercado por curiosidad, observó:

—Habría que escribir alguna grosería en el papel.

Boka lo desaprobó meneando la cabeza:

—No se puede. Es más, no haremos como Feri Áts, que se llevó nuestra bandera. Sólo les demostraremos que no les tenemos miedo, que nos atrevemos a entrar en su territorio, donde ellos se reúnen y donde guardan las armas. Este papel rojo es nuestra tarjeta de visita. Se la dejaremos.

Csele también intervino:

—A ver —dijo—, me he enterado de que a esta hora, al atardecer, suelen jugar allí a justicias y ladrones.

—No importa. Feri Áts vino cuando sabía que estábamos en el terreno. Quien tenga miedo que no me acompañe.

Nadie tenía miedo. Es más, Nemecsek se mostró particularmente decidido. Era evidente que quería distinguirse para conseguir el ansiado ascenso. Con orgullo, dio un paso adelante:

—¡Iré con vosotros!

Allí, frente al colegio, no tenía ni que cuadrarse ni saludar, puesto que las leyes sólo valían para el terreno. Ante el colegio todos eran iguales.

Csónakos también dio un paso adelante:

—¡Yo también!

—¡Pero prométeme que no silbarás!

—Lo prometo... Pero ahora... dejadme silbar ahora por última vez.

—Venga, silba.

Y Csónakos silbó. Chifló a su gusto, a más no poder, de tal manera que la gente se dio la vuelta en la calle.

—Por hoy me he desahogado chiflando —dijo feliz y contento.

Boka se volvió hacia Csele.

—¿No vienes?

—¿Qué quieres que haga? —dijo Csele con tono triste—. No puedo ir porque a las cinco y media debo estar en casa. Mi madre controla la hora en que acaba la clase de estenografía. Y me temo que si hoy llego tarde, ya no me dejará ir a ningún sitio. Y sólo pensarlo le dio un gran susto. Se acabaría todo: el terreno, el rango de teniente.

—Pues entonces quédate. Me llevaré a Csónakos y a Nemecsek. Y mañana en el colegio os enteraréis de lo que ha pasado.

Se dieron la mano. A Boka se le ocurrió algo.

—Decidme, ¿verdad que Geréb no ha venido a la clase de estenografía?

—No.

—¿Estará enfermo?

—No lo creo. Al mediodía nos fuimos juntos a casa. Estaba como una lechuga.

A Boka no le gustaba el comportamiento de Geréb. Le parecía sumamente sospechoso. El día anterior, al despedirse, lo había mirado de una manera muy extraña, muy significativa. Se le notaba la sensación de que, mientras Boka perteneciera al grupo, él no llegaría a nada. Tenía celos de Boka. Muchacho temerario, de sangre caliente, no apreciaba el carácter silencioso, inteligente y serio de Boka. Se creía mucho más especial.

—Vaya uno a saber —dijo Boka en voz baja y se marchó con los dos muchachos. Csónakos iba a su lado con gesto serio. Nemecsek, en cambio, se mostraba alegre, flotaba en una nube de regocijo pues participaba por primera vez en una aventura tan interesante en un grupo restringido. Tan contento estaba que Boka tuvo que reprenderlo:

—¡No tontees, Nemecsek! ¿O crees que nos vamos de juerga? Esta excursión es mucho más peligrosa de lo que crees. ¡Acuérdate de los Pásztor!

Al oír este nombre, el tonteo se le atascó en la garganta al rubiecito. Feri Áts también era un muchacho terrible; es más, se rumoreaba que había sido expulsado del instituto general y técnico. Era un chico fuerte e increíblemente audaz. Pero en sus ojos había algo amable y seductor que no se encontraba en los Pásztor. Estos siempre andaban con la cabeza gacha, lanzaban miradas sombrías y penetrantes, eran unos muchachos morenos curtidos por el sol, y nadie nunca los había visto reír. A los Pásztor se los podía temer. Y los tres muchachitos se fueron alejando del centro por la interminable avenida Üllői. Había oscurecido ya del todo, pues anochecía temprano. Las farolas estaban encendidas en el camino, y esa hora poco habitual inquietaba a los chicos. Normalmente se entretenían después de almorzar. Iban en silencio el uno al lado del otro y al cabo de un cuarto de hora llegaron al Jardín Botánico. Desde detrás del muro de piedra asomaban terroríficos los grandes árboles, que empezaban a dar hojas. Zumbaba el viento entre el follaje recién brotado y reinaba la oscuridad; el corazón de los muchachos latió con fuerza cuando vieron extenderse ante ellos el gigantesco Jardín Botánico, que susurraba enigmáticamente tras su misteriosa puerta cerrada. Nemecsek se dispuso a tocar el timbre.

—¡Por el amor de Dios, no toques el timbre! —dijo Boka—. ¡Se enterarán de que estamos aquí! O nos topamos con ellos en el camino... Además, ¡no nos van a abrir la puerta!

—¿Entonces cómo entramos?

Boka señaló el muro con la mirada.

—¿Por el muro?

—Por el muro.

—¿Por aquí, por la avenida Üllői?

—¡Qué va! Bordearemos el jardín. ¡Atrás, el muro es mucho más bajo!

Entonces torcieron a una callejuela oscura, donde el muro de piedra no tardó en ser sustituido por una valla hecha con tablones. Caminaron a su vera en busca de un sitio adecuado para penetrar. Se detuvieron en un lugar que no estaba iluminado por las farolas. Al otro lado de la valla se alzaba una gran acacia.

—Si subimos aquí —susurró Boka—, podremos bajar fácilmente por esta acacia. Y es bueno, además, porque podemos mirar a lo lejos desde lo alto del árbol y ver si están cerca o no.

Sus dos compañeros apoyaron la propuesta. Acto seguido se pusieron manos a la obra. Csónakos se agachó y apoyó las manos contra la valla. Boka se subió con cuidado a sus hombros y miró al interior del jardín. Mantenían un riguroso silencio, no decían ni pío. Cuando Boka comprobó que no había nadie en las proximidades, hizo una señal con la mano.

Nemecsek musitó a Csónakos:

—¡Levántalo!

Y Csónakos levantó al presidente para que pasara al otro lado. El presidente se agarró de la parte superior de la valla, a lo cual empezó a crujir la podrida estructura que tenía debajo.

—¡Salta! —le susurró Csónakos.

Todavía se oyeron unos crujidos y, en el instante siguiente, un ruido sordo. Boka estaba dentro, en medio de un cuadro de hortalizas. Después entró Nemecsek y, a continuación, Csónakos. Pero este se encaramó primero a la acacia, sabía trepar a los árboles porque era de provincias. Los otros dos le preguntaron desde abajo:

—¿Ves algo?

Desde lo alto les respondió una voz apagada:

—Muy poco, porque está oscuro.

—¿Ves la isla?

—La veo.

—¿Hay alguien allí?

Csónakos se movió a derecha y a izquierda entre las ramas, tratando de distinguir algo en la oscuridad, en dirección al lago.

—En la isla no se ve nada por los árboles y los arbustos... pero en el puente...

Calló un instante. Subió una rama más arriba. Desde allí continuó:

—Ahora veo bien. Hay dos personas en el puente.

Boka dijo en voz baja:

—Son ellos. Los del puente son los guardias.

Volvieron a crujir las ramas. Csónakos se bajó del árbol. Los tres permanecieron en silencio, preguntándose qué hacer. Se escondieron tras un arbusto para que no los vieran, y allí empezaron las deliberaciones entre susurros.

—Lo mejor será —propuso Boka— que nos acerquemos a las ruinas del castillo bordeando los arbustos. Ya sabéis... allí a la derecha hay unas ruinas, en la ladera de una colina.

Los otros dos asintieron con la cabeza, dando a entender que conocían el lugar.

—Podemos llegar a las ruinas avanzando con cuidado, agazapados entre los arbustos. Uno de nosotros se subirá a la colina y mirará alrededor. Si no hay nadie, nos tumbaremos boca abajo y descenderemos. La colina lleva directo al lago. Allí nos esconderemos entre el carrizo y ya veremos lo que hacemos.

Dos centelleantes pares de ojos observaban a Boka. Para Csónakos y Nemecsek, cada una de sus palabras era la Biblia.

Boka preguntó:

—¿De acuerdo?

—¡De acuerdo! —respondieron los otros dos.

—Pues entonces ¡vamos! ¡Seguidme! Me conozco el camino.

Y empezó a avanzar a gatas entre los arbustos bajos. Tan pronto como sus dos acompañantes pusieron las rodillas en el suelo, se oyó un prolongado y agudo silbido desde la distancia.

—¡Nos han visto! —dijo Nemecsek, y se levantó de un salto.

—¡Abajo! ¡Abajo! ¡Échate! —ordenó Boka, a lo cual los tres se tumbaron en la hierba. Esperaron conteniendo la respiración. ¿Podía ser que los hubieran descubierto?

Sin embargo, no vino nadie. Soplaba el viento entre los árboles. Boka dijo con un susurro:

—Nada.

Entonces, sin embargo, el afilado silbido volvió a rasgar el aire. Esperaron de nuevo, pero nadie se acercó. Nemecsek, temblando, musitó desde debajo de un arbusto:

—Habría que mirar desde lo alto de un árbol.

—Tienes razón. Csónakos, ¡súbete!

Y Csónakos se encaramó a la enorme acacia como un gato.

—¿Qué ves?

—Unas personas que se mueven en el puente... Ahora son cuatro... Ahora dos regresan hacia la isla.

—Pues entonces está todo bien —dijo Boka, ya más calmado—. Baja. El silbido significa que ha habido cambio de guardia en el puente.

Csónakos bajó del árbol, y los tres se pusieron en movimiento, a gatas rumbo a la colina. A esa hora, el silencio se posaba sobre el enorme y misterioso Jardín Botánico. Los visitantes se marchaban cuando sonaba la campana, y no quedaba allí ningún extraño, salvo algún maleante o alguien que urdía planes bélicos como esos tres oscuros y pequeños personajes que avanzaban hechos unos ovillos de un arbusto al otro. No hablaban entre sí, tal era la importancia que concedían a su misión. Para ser sinceros, se había adueñado de ellos cierto miedo. Se necesitaba mucho valor: querer adentrarse en el bien provisto castillo de los camisas rojas, en la isla situada en medio de un lago, cuando el único puente de madera que conducía allí estaba ocupado por guardias. «Tal vez son los mismos Pásztor», pensó Nemecsek, y evocó entonces las hermosas, delicadas y abigarradas canicas, entre las cuales había incluso alguna de cristal, y se molestó al acordarse de que la terrible palabra *einstand* sonó en el preciso instante en que hacía rodar su canica y se disponía a recoger todas esas bellísimas bolitas...

—¡Ay! —gritó Nemecsek.

Los otros se asustaron y dejaron de arrastrarse.

—¿Qué pasa?

Nemecsek se incorporó y se lamió los dedos.

—¿Qué te ha pasado?

Sin quitarse los dedos de la boca, respondió:

—Me he metido en un ortigal, ¡con las manos!

—Pues dale, sigue lamiéndote los dedos, muchachito —dijo Csónakos, que había tenido la inteligencia suficiente para cubrirse las manos con un pañuelo.

Siguieron avanzando a gatas y no tardaron en llegar a la colina. Allí, en uno de los lados, habían construido unas ruinas artificiales, como las que suelen levantar en sus jardines los grandes señores, tratando de imitar con esmero la edificación de los castillos antiguos y encajando artificialmente musgo entre los grandes bloques de piedra.

—He aquí las ruinas del castillo —dijo Boka—. Tenemos que andar con cuidado, pues he oído que los camisas rojas suelen venir aquí.

Csónakos también intervino:

—¿Qué castillo es este? En la clase de historia no hemos aprendido que el Jardín Botánico tuviera un castillo...

—Son sólo unas ruinas. Y como ruinas las construyeron.

Nemecsek se echó a reír:

—Ya que han construido un castillo, ¿por qué no han construido uno nuevo? Al cabo de cien años se convertirá en ruina por sí solo...

—Vaya, ¡estás de buen humor! —le dijo Boka—. Ya verás, cuando los Pásztor fijen en ti la mirada, ¡se te irán las ganas de bromear!

Y, en efecto, al pequeño Nemecsek se le dibujó un gesto de amargura en el rostro. Era un muchacho que siempre olvidaba sus problemas. Había que recordárselos continuamente.

Así empezaron a ascender entre los saúcos de la colina, agarrándose de las piedras de la ruina. Csónakos iba primero. De repente se detuvo tal como estaba, con las manos y las rodillas en el suelo. Levantó la derecha. Se volvió hacia atrás y dijo con voz empañada por el susto:

—Por aquí anda alguien.

Se escondieron en la hierba, que era alta. Los diversos hierbajos ocultaban sus diminutas figuras. Sólo sus ojos centelleaban en la espesura. Observaban.

—Pega la oreja al suelo —ordenó Boka—. Así escuchan los indios. Y uno se da cuenta enseguida de si alguien anda por ahí.

Csónakos obedeció. Se tumbó boca abajo y pegó la oreja al suelo donde la hierba era escasa. Pero enseguida levantó la cabeza.

—¡Vienen! —susurró aterrado.

Ya no se necesitaba el método indígena para comprobar que alguien se movía entre los arbustos. Y ese ser misterioso, del que no podía saberse por el momento si era hombre o animal, se dirigía hacia ellos. Los muchachos se acobardaron y escondieron hasta la cabeza en la hierba. Sólo Nemecsek habló en voz baja, con un gemido:

—Quiero volver a casa.

Csónakos no perdió el buen humor. Dijo:

—Agazápate, muchachito.

Sin embargo, como Nemecsek no tenía valor ni para eso, Boka sacó la cabeza de entre la hierba y le dijo con una voz que centelleaba por la ira, aunque sin levantarla para no revelar su presencia:

—¡Soldado, agazápese en la hierba!

Esta orden exigía obediencia. Nemecsek se agazapó. El misterioso ser siguió avanzando con ruido, pero dio la impresión de cambiar de rumbo y de no acercarse ya a ellos. Boka se incorporó un poco y miró alrededor. Vio una figura oscura que descendía por la colina, hurgando con el bastón entre los arbustos.

—Se ha ido —dijo a los muchachos agazapados en la hierba—. Era el vigilante.

—¿El de los camisas rojas?

—No. El del Jardín Botánico.

Respiraron aliviados. Los adultos no les daban miedo. Un ejemplo de ello era el viejo soldado de nariz verrugosa que acudía a los jardines del Museo y que no podía con ellos. Siguieron avanzando. Entonces, sin embargo, el vigilante pareció oír algo, porque se detuvo y aprestó el oído.

—Se ha dado cuenta —balbuceó Nemecsek. Los dos miraron a Boka, esperando instrucciones.

—¡A las ruinas, adentro! —ordenó Boka.

Los tres bajaron a toda prisa, agazapados, por la colina a la que acababan de subir con tanto esmero. La ruina tenía pequeñas ventanas ojivales. Comprobaron asustados que la primera estaba protegida por unas rejas de hierro. Se acercaron con sigilo a la segunda, pero también tenía rejas. Continuaron y encontraron finalmente entre las piedras un hueco por el que cabían a duras penas. Entraron en un oscuro compartimento y contuvieron la respiración. La figura del guardia pasó por delante de las ventanas. Desde su puesto vieron que se dirigía definitivamente a la zona del jardín pegada a la avenida Üllői, donde residía.

—Gracias a Dios —dijo Csónakos—, esto lo hemos superado.

Miraron alrededor en aquel oscuro compartimento. El aire era húmedo, olía a moho, como si se encontraran en los sótanos de algún castillo de verdad. Mientras se movían a tientas, Boka se detuvo de pronto. Se tropezó con algo. Se inclinó y lo recogió. Los otros dos se le acercaron rápidamente y comprobaron a la débil luz del crepúsculo que ese algo era... un *tomahawk*. Algo así como un hacha de guerra que, según las novelas, los indios usaban en sus combates. El *tomahawk* estaba hecho de madera y envuelto en papel de plata, que estaba pegado encima. Resplandecía de manera terrorífica en la oscuridad.

—¡Es de ellos! —dijo Nemecsek con devoción.

—Así es —observó Boka—, y si hay uno aquí, quiere decir que habrá más.

Empezaron a investigar, y encontraron otros siete en un rincón. De ello se podía deducir con facilidad que los camisas rojas eran ocho.

Por lo visto, se trataba de su arsenal oculto. A Csónakos se le ocurrió la idea de llevarse las siete hachas como botín de guerra.

—No —dijo Boka—, no lo haremos. Sería lisa y llanamente robo.

Csónakos se avergonzó.

—¡A ver qué dices ahora, muchachito! —lo desafió Nemecsek, pero Boka lo calló con un leve empujón en el costado.

—No perdamos el tiempo. Salgamos de aquí y subamos a la colina. No quiero llegar a la isla cuando allí no quede nadie.

Esta audaz idea enseguida los animó a seguir con la aventura. Esparcieron los *tomahawks* por el interior del compartimento, para que se viese que alguien había estado allí. Después salieron por la grieta entre las piedras y, armándose de valor, subieron a lo alto de la colina. Desde allí se podía ver lejos. Se detuvieron el uno al lado del otro y miraron alrededor. Boka sacó un paquetito del bolsillo. Abrió el envoltorio de papel de periódico y extrajo unos minúsculos gemelos de nácar.

—Son los gemelos de teatro de la hermana de Csele —explicó, y miró a través de ellos. La isla, sin embargo, se podía distinguir también a simple vista. A su alrededor brillaba un pequeño estanque, donde se cultivaban plantas acuáticas y cuya ribera estaba densamente poblada por cañas y juncos. Un punto luminoso centelleaba entre los frondosos árboles y los altos arbustos de la isla. Al verlo, los tres muchachos se pusieron serios.

—Allí están —dijo Csónakos con la voz empañada.

A Nemecsek le gustó ese farol.

—¡Hasta tienen un farol!

Aquel punto luminoso iba y venía por la isla, ora desaparecía tras un arbusto, ora volvía a iluminar la orilla. Alguien lo llevaba.

—Me parece —dijo Boka, que no apartó ni un instante los gemelos de los ojos—, me parece que están tramando algo. O están realizando ejercicios nocturnos... o...

De pronto calló.

—¿Qué pasa? —preguntaron angustiados los otros dos.

—¡Dios mío! —exclamó Boka, que seguía mirando por los gemelos—. El que lleva el farol... es...

—¿Qué dices? ¿Quién es?

—Una figura que me resulta conocida... no será...

Subió un poco más para ver mejor, pero entonces la luz del farol desapareció tras un arbusto. Boka apartó los gemelos de los ojos.

—Ha desaparecido —dijo en voz baja.

—Pero ¿quién era?

—Todavía no puedo decirlo. No lo he visto bien, y justo cuando quería examinarlo mejor, desapareció de mi vista. Y mientras no lo sepa con exactitud, no quiero formular ninguna sospecha contra nadie...

—¿No será alguno de los nuestros?

El presidente respondió con tono triste:

—Creo que sí.

—¡Pero eso sería traición! —exclamó Csónakos, olvidando que debía guardar silencio.

—Calla. Cuando lleguemos allí, lo sabremos todo. Mientras tanto, ármate de paciencia.

En ese momento, ya los impulsaba la curiosidad. Boka no quería revelar a quién se parecía la figura del farol. Trataron de adivinarlo, pero esto también lo prohibió el presidente, señalando que no se podía formular ninguna sospecha contra nadie. Bajaron de la colina nerviosos y abajo continuaron a gatas por la hierba. Ni siquiera se dieron cuenta cuando tenían espinas, ortigas o guijarros afilados bajo las manos. Avanzaron a toda prisa, en silencio, rumbo a la orilla del misterioso pequeño lago.

Llegaron. Allí pudieron levantarse, puesto que las cañas, los juncos y los arbustos de la ribera tapaban por su altura los diminutos cuerpos. Boka impartió las órdenes con sangre fría:

—Aquí tiene que haber una barca. Yo iré a la derecha a buscarla con Nemecsek y tú, Csónakos, a la izquierda. Quien la encuentre primero, esperará al otro.

Se pusieron en marcha en silencio. Tan pronto dieron unos pasos, Boka vio la barca en el cañizal.

Esperaron a que Csónakos diera la vuelta al lago y apareciera desde el otro lado. Se sentaron en la ribera y se quedaron contemplando el cielo estrellado. Trataron de averiguar si se oía alguna conversación desde la isla. Nemecsek quiso mostrarse inteligente.

—Oye —anunció—, pondré la oreja en el suelo.

—Deja tranquila a tu oreja —dijo Boka—, no te servirá de nada ponerla en el suelo aquí junto al agua. Pero si nos inclinamos sobre el lago, oiremos mejor. He visto a los pescadores hablar de una orilla a la otra inclinándose sobre el Danubio. Por las noches, el agua transporta el sonido de maravilla.

Se inclinaron sobre el lago, pero no oyeron palabras comprensibles, sino tan sólo susurros y rumores procedentes de la pequeña isla. Mientras, llegó Csónakos e informó con tono triste:

—No hay barca por ninguna parte.

—No te entristezcas, muchachito —lo consoló Nemecsek—, que ya la hemos encontrado.

Y bajaron hacia la barca.

—¿Nos metemos?

—Aquí no —dijo Boka—. Primero llevaremos la barca al punto más alejado del puente, para no estar cerca de él si nos descubren. Desde allí remaremos hacia la isla. Así tendrán que dar una larga vuelta si quieren perseguirnos.

Tanta inteligencia previsora gustó a los otros dos. Los animó la conciencia de que su jefe fuera un muchacho tan listo, tan clarividente, tan capaz de anticiparse a las cosas. Y el jefe preguntó:

—¿Quién tiene un cordel?

Csónakos tenía uno. Los bolsillos de Csónakos lo guardaban todo. No existía bazar que ofreciera más productos que los que tenía él en los bolsillos. Había allí una navaja, un cordel, canicas, una manilla de latón, clavos, llaves, trapos, un bloc de notas, un desatornillador y quién sabe cuántas cosas más. Csónakos sacó, pues, el cordel, y Boka lo ató a la argolla en la proa del bote. Y empezaron a tirar de él con sumo cuidado y lentitud para acercarlo al lugar más apropiado. Mientras así procedían, no paraban de mirar hacia la isla. Cuando llegaron al punto elegido para embarcar en aquella enclenque embarcación, volvieron a escuchar el chiflido de antes. Pero ya no los asustó. Sabían que significaba cambio de guardia en el puente. Además, no se acoquinaban ya porque tenían la sensación de estar en pleno combate. Así vivían los soldados de verdad en una guerra de verdad. Mientras no veían al enemigo, cualquier arbusto los impresionaba. Cuando la primera bala pasaba silbando junto a sus orejas, se armaban de valor, entraban casi en un estado de ebriedad y olvidaban que iban corriendo al encuentro de la muerte.

Los muchachos se instalaron en la barca. Primero Boka y después Csónakos. Nemecsek pisó con tiento la orilla cenagosa.

—Venga, venga, muchachito —lo animó Csónakos.

—Ya voy, muchachito —respondió Nemecsek, pero se resbaló, se agarró de un delgado junco y, sin decir ni pío, cayó en el agua. Acabó metido allí dentro hasta el cuello, pero no se atrevió a gritar. Enseguida se levantó en el somero lago; presentaba un aspecto realmente muy ridículo aquel cuerpecito empapado que seguía con la mano aferrada con fuerza a un junco que era como un palillo.

Csónakos, que no pudo contener la risa, estalló:

—¿Has bebido algo, muchachito?

—No he bebido nada —contestó el pequeño rubio con una expresión de espanto en la cara, y se sentó en la barca cubierto de barro y chorreando agua. Seguía pálido como la cera por el susto—. No imaginé que hoy acabaría bañándome —añadió en voz baja.

Sin embargo, no había tiempo que perder. Boka y Csónakos cogieron los remos y apartaron la barca de la orilla. La pesada embarcación zarpó con pereza y formó rizos a su alrededor en el quieto laguito. Los muchachos iban introduciendo los remos en el agua sin hacer ruido, y reinaba tal silencio que hasta se oía con claridad cómo le rechinaban los dientes al pequeño Nemecsek acurrucado en la proa. Al cabo de unos instantes, el bote tomó tierra en la ribera de la isla. Los muchachos desembarcaron a toda prisa y enseguida se escondieron tras un arbusto.

—Pues sí, hasta aquí ya hemos llegado —señaló Boka, y empezó a arrastrarse con suma cautela por la orilla. Los otros dos lo siguieron—. Ojo —dijo el presidente, volviéndose hacia atrás—, ¡no podemos dejar sola la barca! Si la descubren, no podremos huir de la isla. Hay guardias en el puente. Tú quédate junto a la barca, ya que te llamas Csónakos.[2] Y si alguien la ve, llévate los dedos a la boca y chifla con toda la fuerza que tengas. Nosotros vendremos corriendo, saltaremos adentro y tú la apartarás de la orilla.

Csónakos volvió lentamente al bote, íntimamente satisfecho ante la posibilidad de chiflar con todas sus fuerzas...

---

2. *Csónakos* es «barquero» en húngaro. (*N. del t.*)

Mientras, Boka avanzaba por la orilla seguido del rubiecito. Donde los arbustos eran más altos, se incorporaban y continuaban erguidos. Se detuvieron en una de esas plantas. Apartaron ligeramente las hojas. Pudieron observar el centro de la isla, que era un pequeño claro, y vieron allí la temible tropa de los camisas rojas. El corazón de Nemecsek empezó a latir intensamente. El muchacho se arrimó a Boka.

—No tengas miedo —le susurró el presidente al oído.

Había una gran piedra en el medio del claro, y un farol sobre la piedra. La rodeaban agachados los camisas rojas. En efecto, todos llevaban camisas rojas.

Junto a Feri Áts estaban ambos Pásztor, y junto al menor de los Pásztor alguien que no llevaba camisa roja...

Boka notó que Nemecsek empezaba a temblar a su lado.

—Oye... —dijo Nemecsek, pero no pudo continuar—, oye... oye... —Luego añadió en voz baja:— ¿Lo ves?

—Lo veo —respondió Boka con tristeza.

Junto a los camisas rojas estaba agachado Geréb. Por tanto, no se había equivocado Boka al mirar hacia allí desde la colina. Era, en efecto, Geréb el que hacía un rato iba y venía con el farol en la mano. A partir de ese momento, pues, empezaron a observar con atención redoblada la tropa de los camisas rojas. El farol iluminaba de manera extraña los rostros morenos de los Pásztor y a los demás miembros del grupo. Todos callaban, salvo Geréb, que hablaba en voz baja. Debía de estar comunicando algo que interesaba sobremanera a los demás, pues todos se inclinaban hacia él y lo escuchaban con suma atención. Los dos muchachos de la calle Pál oyeron perfectamente las palabras de Geréb en el inmenso silencio de la noche:

—Al terreno se puede entrar por dos lados... Se puede entrar por la calle Pál, pero es difícil, pues está escrito en la ley que quien entra debe echar luego el pestillo. La otra entrada es por la calle Mária. Allí, el portón de la serrería de vapor está abierto de par en par, y desde allí se puede acceder al terreno pasando entre las pilas de leña. La única dificultad reside en que hay fortalezas en las calles que discurren entre las pilas...

—Ya lo sé —intervino entonces Feri Áts con su voz profunda, que estremeció a los muchachos de la calle Pál.

—Lo sabes porque has estado allí —continuó Geréb—. Las fortalezas tienen guardias, y estos avisan enseguida si alguien se acerca entre las pilas de leña. No os recomiendo entrar por ese lado...

O sea, que se trataba de que los camisas rojas entraran en el terreno...

Geréb prosiguió:

—Lo mejor será acordar el momento de vuestra llegada. Entonces seré el último en entrar en el terreno y dejaré abierta la portezuela. No le echaré el pestillo.

—Vale —intervino Feri Áts—, eso está bien. De ningún modo querría ocupar el terreno sin que hubiera allí nadie. Haremos la guerra en toda regla. Si ellos saben defender su terreno, perfecto. Si no saben, lo ocupamos e izamos nuestra bandera roja. No lo hacemos por codicia, pues ya sabéis...

Entonces habló uno de los Pásztor:

—Lo hacemos para tener un lugar donde jugar a la pelota. Aquí no podemos, y en la calle Esterházy siempre hay que pelearse por el sitio... Nosotros necesitamos espacio para jugar a la pelota ¡y punto!

Pues sí, desencadenaban la guerra por el mismo motivo por el que la suelen declarar los militares de verdad. Los rusos necesitaban el mar y por eso empeñaron la batalla contra los japoneses. Los camisas rojas necesitaban un lugar para jugar a la pelota y, como no se podía de otra manera, recurrían a la guerra para conseguirlo.

—O sea —concluyó Feri Áts, el líder de los camisas rojas—, quedamos en que te olvidarás de cerrar la portezuela de la calle Pál.

—Sí —dijo Geréb.

Al pobrecito Nemecsek todo eso le destrozó el corazón. Allí estaba, con la ropa chorreando agua, con los ojos abiertos de par en par, mirando al traidor entre los camisas rojas que rodeaban el farol. Tanto le desgarró el corazón que se echó a llorar cuando Geréb pronunció la palabra «sí», lo cual significaba su disposición a traicionar el terreno. Nemecsek abrazó a Boka llorando en voz baja y se limitó a repetir:

—Señor presidente... señor presidente... señor presidente...

Boka lo apartó con suavidad.

—Con el llanto no llegaremos ahora a ningún sitio.

Sin embargo, a él también se le hizo un nudo en la garganta. El comportamiento de Geréb era algo muy triste.

De repente, los camisas rojas se levantaron por orden de Feri Áts.

—Nos vamos —dijo el jefe—. ¿Tenéis todos vuestras armas?

—Sí —respondieron al unísono y cogieron del suelo unas lanzas de madera largas con una banderita roja en el extremo.

—Adelante —les indicó Feri Áts—, a meterse entre los arbustos, a guardar las armas, colocarlas en forma de pirámide.

Y se pusieron todos en marcha, con Feri Áts a la cabeza, rumbo al interior de la pequeña isla. Geréb iba con ellos. El claro quedó desierto, con la piedra en el centro y con el farol sobre la piedra. Se oían los pasos que se alejaban. Los camisas rojas se internaban en la espesura para esconder sus lanzas.

Boka se movió.

—Ahora —dijo a Nemecsek, y metió la mano en el bolsillo. Extrajo el papelito rojo, que llevaba ya una chincheta. Apartó las ramas del arbusto y se volvió hacia atrás para avisar al pequeño rubio:

—¡Espérame! ¡Y no te muevas!

De un saltó se plantó en el claro, donde hacía unos instantes los camisas rojas estaban reunidos formando un círculo. Nemecsek contuvo la respiración mientras lo observaba. Lo primero que hizo Boka fue acercarse rápidamente al enorme árbol que se alzaba en el borde del claro y cubría con su copa toda la isla cual si fuese un gran paraguas. En un santiamén clavó el papelito rojo en el tronco y se dirigió luego con sigilo al farol. Abrió una de las ventanas del farol y sopló al interior. La vela se apagó, y en ese instante Nemecsek perdió de vista también a Boka. Sin embargo, no se había acostumbrado aún a la oscuridad cuando Boka estaba ya a su lado y lo agarraba del brazo.

—¡Sígueme todo lo rápido que puedas!

Empezaron a correr rumbo a la orilla de la isla, hacia la barca. Al verlos, Csónakos saltó a la embarcación y apoyó el remo contra la ribera, con el fin de estar listo para zarpar en cualquier momento. Los dos muchachos embarcaron de un salto.

—Nos vamos —dijo jadeando Boka.

Csónakos empujó el remo contra la ribera, pero el bote no se puso en movimiento. Al llegar, habían atracado con demasiado ímpetu, de manera que la mitad de la barca quedó en seco. Uno de ellos tuvo que bajarse para levantar la proa y empujarla al agua. Por entonces, sin embargo, ya se oían voces procedentes del claro.

Los camisas rojas regresaron del depósito de armas y encontraron apagado el farol. Al principio creyeron que lo había apagado el viento, pero Feri Áts lo examinó y vio la ventanita abierta.

—¡Alguien ha estado aquí! —gritó con su voz retumbante, con tal fuerza que lo oyeron hasta los muchachos que se esforzaban con la barca.

Encendieron la luz y entonces a todos les llamó la atención el papelito clavado en el árbol: «¡AQUÍ HAN ESTADO LOS MUCHACHOS DE LA CALLE PÁL!» Los camisas rojas se miraron los unos a los otros. Feri Áts gritó:

—¡Seguro que siguen aquí! ¡Tras ellos!

Soltó un fuerte pitido. Los guardias acudieron a toda prisa procedentes del puente e informaron de que nadie pudo haber entrado por ahí en la isla.

—Han venido en barca —dijo el menor de los Pásztor.

Los tres muchachos que luchaban con la embarcación escucharon aterrados el grito estridente:

—¡Tras ellos!

Precisamente cuando se oyeron esas palabras, Csónakos consiguió empujar el bote al agua y saltar a su interior. Enseguida cogieron los remos y se pusieron a remar con todas sus fuerzas rumbo a la otra ribera.

Feri Áts daba las órdenes a voz en cuello:

—Wendauer, ¡al árbol y a mirar alrededor, a ver si los encuentras! Los Pásztor, ¡al puente los dos y a recorrer la orilla en ambas direcciones!

Daba la impresión de que los muchachos estaban cercados. Mientras ellos daban las cuatro o cinco paladas que los transportaban a la otra ribera, los veloces Pásztor podían bordear corriendo el lago, y entonces no había salida ni a derecha ni a izquierda. Y si los muchachos llegaban antes a la orilla, el vigilante enviado al árbol los podía controlar con la vista y decir en qué dirección huían. Desde la barca veían a Feri Áts ir y venir por la ribera con el farol en la mano. Acto seguido se oyó un tamborileo: eran los Pásztor, que abandonaban la isla cruzando el puente de madera...

Sin embargo, cuando el vigilante trepó a lo alto del árbol, ellos ya habían arrimado la embarcación a la orilla.

—¡Acaban de atracar! —gritó una voz desde el árbol. Enseguida le contestó la voz profunda del jefe:

—¡Todos tras ellos!

En ese momento, los tres muchachos de la calle Pál corrían ya como posesos.

—¡No podemos dejar que nos pillen! —dijo Boka mientras iba a toda prisa—. ¡Son muchos más que nosotros!

Siguieron corriendo, por los caminos, por la hierba, Boka a la cabeza y los otros dos detrás de él. Iban directo al invernáculo.

—¡Nos metemos en el invernáculo! —dijo jadeando Boka mientras corría hacia la puerta del invernadero. Por fortuna, estaba abierta. Entraron y se escondieron tras los grandes cipreses. Fuera reinaba el silencio. Parecía que los perseguidores les habían perdido la pista.

Los tres muchachos descansaron un poco. Miraron alrededor en el extraño edificio por cuyo techo y paredes de vidrio se filtraba la tenue luz de la noche urbana. Aquel invernáculo era un sitio interesante y peculiar. Ellos se encontraban en el ala izquierda. Luego venía la parte central del edificio y después el ala derecha. Por todas partes había árboles de grandes hojas y gruesos troncos en enormes macetones verdes. En largas cajas se cultivaban las mimosas y los helechos. Bajo la gran cúpula de la nave central se alzaban las palmeras con sus hojas en forma de abanicos, había allí realmente un bosquecillo de plantas meridionales. En el centro del bosque se veía un estanque con peces rojos y, junto al estanque, un banco. Después volvían los magnolios, los laureles, los naranjos, los gigantescos helechos. Todas plantas fuertes de una fragancia asfixiante que cargaba el aire con su intensidad. El agua no paraba de chorrear en el gran edificio de vidrio calentado con vapor. Las gotas iban cayendo sobre las inmensas y gruesas hojas, y cuando alguna hoja de palmera hacía algún ruido, los muchachos creían ver a un extraño animal del sur que correteaba entre macetones verdes en aquel bosquecillo cálido, húmedo y espeso. Se sentían seguros y empezaban a preguntarse cuándo saldrían de allí.

—Ojalá no nos cierren la puerta —susurró Nemecsek, que permanecía sentado, exhausto, al pie de una palmera y que se sentía a gusto en ese recinto caldeado porque estaba mojado hasta los huesos.

Boka lo tranquilizó:

—Si no la han cerrado hasta ahora, no la cerrarán.

Por tanto, allí se quedaron, aprestando el oído. No se oía ninguna voz. A nadie se le ocurrió buscarlos allí. Se levantaron y empezaron a hurgar entre las altas estanterías, llenas de arbustitos verdes, de hierbas aromáticas, de grandes flores. Csónakos se tropezó con uno de los estantes y cayó adentro. Nemecsek quiso mostrarse solícito.

—No te preocupes —dijo—, ahora mismo te doy luz.

Y antes de que Boka pudiera detenerlo, sacó unas cerillas del bolsillo y frotó una. La cerilla se encendió, pero se apagó en el instante siguiente, pues Boka se la arrancó al rubiecito.

—¡Estúpido! —le dijo encolerizado—. ¿Has olvidado que estás en un invernáculo? A ver, este edificio tiene paredes de vidrio... ¡Seguro que han visto la luz!

Se detuvieron y aguzaron el oído. En efecto, Boka tenía razón. Los camisas rojas vieron la luz que se encendía y que por un instante iluminó el invernáculo. Al momento se oyeron ya los pasos que hacían crujir los guijarros. También se dirigieron a la puerta del ala izquierda. Los muchachos oyeron a Feri Áts, al que volvió a salirle el general que llevaba dentro:

—¡Los Pásztor por la puerta derecha! —gritó—. ¡Szebenics por la del centro, yo por aquí!

Los muchachos de la calle Pál se escondieron en un periquete. Csónakos se tumbó bajo un estante. A Nemecsek lo mandaron al estanque de los peces rojos con el argumento de que de todas maneras ya estaba mojado. El rubiecito se metió en el agua y ocultó la cabeza bajo una enorme hoja de helecho. A Boka sólo le quedó tiempo para ponerse tras la puerta abierta.

Feri Áts entró con su séquito, con el farol en la mano. La luz se proyectó sobre la puerta de vidrio de tal manera que Boka podía ver perfectamente a Feri Áts, pero este no podía divisar a Boka, escondido tras la puerta. Y Boka observó con detalle al líder de los camisas rojas, al que sólo una vez había visto de cerca en los jardines del Museo. Era un muchacho guapo, cuyos ojos resplandecían en ese momento por el ansia de luchar. Sin embargo, pronto desapareció de su vista. Recorrió los caminos con los demás y hasta miraron bajo las estanterías de la otra ala. A nadie se le ocurrió buscar en el estanque. Csónakos sólo evitó ser descubierto porque el chico al que Feri Áts llamó Szebenics dijo lo siguiente cuando se disponían a echar un vistazo bajo su estante:

—Estos han salido ya por la puerta de la derecha...

Y como se puso en marcha en esa dirección, los demás lo siguieron a toda prisa en la efervescencia de la búsqueda. Atravesaron el invernáculo, y algunos golpes sordos indicaron que ellos tampoco respetaron mucho los tiestos. Salieron, y volvió a reinar el silencio. El primero en aparecer fue Csónakos.

—Muchachito —dijo—, un tiesto ha caído sobre mi cabeza. Estoy lleno de tierra...

Y empezó a escupir la arena que le llenaba la boca y las fosas nasales. En segundo lugar apareció Nemecsek, que emergió del agua como un monstruo acuático. El pobrecito volvía a estar empapado y se quejó con su gimoteo de siempre:

—¿Pasaré toda la vida bajo el agua? ¿Qué soy yo? ¿Una rana?

Se sacudió como un perrito sobre el que han vertido un cubo de agua.

—Deja de lloriquear —le ordenó Boka—. Y ahora vamos, que se acabe ya por fin esta noche...

Nemecsek suspiró:

—¡Las ganas que tengo de estar ya en casa! —En ese momento pensó en la recepción que le esperaba cuando lo vieran llegar con la ropa empapada. Y entonces rectificó:— ¡No tengo muchas ganas de llegar a casa!

Corrieron hacia la acacia situada junto a la enclenque valla por la que habían entrado. Llegaron al lugar al cabo de unos minutos. Csónakos se subió al árbol, pero antes de pisar la parte de arriba de la valla se dio la vuelta para echar un vistazo al jardín. Gritó asustado:

—¡Allí vienen!

—¡Vuelve a bajar! —mandó Boka.

Csónakos volvió a bajar por el árbol y ayudó a sus dos compañeros a subir. Treparon hasta lo más alto que les permitían las ramas. Les irritaba la idea de que pudiesen pillarlos en ese instante, tan cerca ya de la salvación.

La tropa de camisas rojas llegó al árbol con sonoros pasos. Los muchachos permanecían mudos arriba, como tres grandes pájaros en el espeso follaje.

Volvió a hablar Szebenics, el que había alejado de ellos al grupo en el invernáculo:

—¡Los he visto saltar por encima de la valla!

Ese tal Szebenics debía de ser el más estúpido de todos. Y como el más estúpido suele ser al mismo tiempo el más ruidoso, no paraba de gritar. Los camisas rojas, hábiles atletas, salvaron la valla en un dos por tres. Feri Áts se quedó el último, y antes de saltar apagó el farol de un soplido. Para saltar sobre la valla, se agarró de la misma acacia en cuya copa anidaban los tres pájaros.

Es más, sobre su cuello cayeron unas cuantas gruesas gotas procedentes de Nemecsek, que goteaba como un canalón agujereado.

—¡Está lloviendo! —gritó Feri Áts, que se enjugó el cuello y después saltó él también a la calle.

—¡Allí van! —se oyó desde la acera, y todos echaron a correr, indicando así que Szebenics había vuelto a equivocarse. Lo comentó Boka:

—Si no fuera por este Szebenics, nos habrían agarrado hace tiempo...

En ese instante les dio la sensación de haber escapado definitivamente de los camisas rojas. Los vieron perseguir a dos muchachos que caminaban tranquilamente por una callejuela. Los dos muchachos se asustaron y también echaron a correr. Se produjo un enorme griterío, y los camisas rojas trataron de darles caza con ahínco. El alboroto se extinguió lejos, en alguna callejuela del barrio de Józsefváros...

Bajaron de la valla y respiraron aliviados cuando volvieron a notar el empedrado de la calle bajo los pies. Una anciana iba por ahí, luego aparecieron otros transeúntes. Tenían la sensación de volver a estar en la ciudad y de que ya no podía ocurrirles nada. Estaban agotados y hambrientos. En el cercano orfanato, cuyas ventanas emanaban una amable luz en la oscura noche, tocaban la campana para la cena.

Nemecsek tiritaba.

—Démonos prisa —pidió.

—Para —dijo Boka—, tú te vas a casa en el tranvía tirado por caballos. Toma, te doy dinero.

Metió la mano en el bolsillo y hurgó un rato, pero no le sirvió de mucho. El presidente sólo tenía tres céntimos. El bolsillo no contenía más que tres monedas de un céntimo y el elegante tinterito que soltaba alegremente su tinta azul. Sacó los céntimos manchados de tinta y los entregó a Nemecsek.

—Es lo que hay.

A Csónakos le quedaban dos céntimos. Y el pequeño rubio tenía un angelical céntimo de la suerte, que llevaba en un pastillero. Hacía un total de seis céntimos. Con este dinero se subió al tranvía.

Boka se paró en la calle. Seguía con el corazón desgarrado por el asunto de Geréb. Estaba triste y callado. Csónakos, sin embargo, no sabía aún nada de la traición, de manera que se mostraba alegre.

—¡Escucha, muchachito! —dijo y, cuando Boka se volvió hacia él, se llevó los dos dedos a la boca y soltó un chiflido ensordecedor. El más fuerte que pudo. Luego miró alrededor como si se hubiera saciado a su gusto con el silbido.

—Llevo aguantándolo toda la noche —dijo alegremente—, pero ahora ya quería salir, muchachito.

Agarró del brazo al apesadumbrado Boka, y después de tantas excitaciones echaron a andar por la interminable avenida Üllői rumbo al centro de la ciudad...

Capítulo 4

Una vez más, dio la una en el aula y los alumnos recogieron sus libros. El profesor Rácz cerró el suyo de un golpe y se levantó en la cátedra. El pequeño Csengey, el solícito, el «primero de la clase», siempre sentado en la primera fila, se le acercó rápidamente y le ayudó a ponerse el abrigo de entretiempo. Los muchachos de la calle Pál, sentados en diversos pupitres, se miraron a la espera de las instrucciones de Boka. Sabían que ese día se celebraba una reunión ya a las dos de la tarde en el terreno, en donde el grupo de avanzados compuesto por tres miembros informaría sobre sus experiencias en el Jardín Botánico. Todo el mundo sabía que la excursión había concluido con éxito y que el presidente había devuelto con valentía la visita de los camisas rojas. Sin embargo, querían conocer los detalles, las diversas aventuras, los peligros que habían corrido los muchachos. A Boka no se le podía arrancar una palabra ni con tenazas. Csónakos contaba esto y aquello sin orden ni concierto y, que Dios lo perdone, mentía como un bellaco. Incluso llegó a mencionar unas fieras con que se toparon entre las ruinas del Jardín Botánico... Y que Nemecsek a punto estuvo de ahogarse en el lago... Y que los camisas rojas estaban sentados en torno a una enorme hoguera... Pero hablaba sin ton ni son y siempre olvidaba precisamente las cosas importantes. Y no se podía escuchar hasta el final lo que explicaba, pues casi dejaba sordos a sus oyentes con sus continuos silbidos, que ponía como puntos al final de las frases.

Nemecsek, a su vez, consideraba tan importante su papel que se tomaba muy en serio eso de guardar el secreto. Cuando le preguntaban, respondía así:

—No puedo decir nada.

O bien:

—Preguntadle al señor presidente.

Los demás envidiaban muchísimo a Nemecsek, que, a pesar de su condición de soldado raso, había podido participar en esa maravillosa aventura. Los tenientes y subtenientes tenían la sensación de volverse enanos al lado de aquel soldado; es más, algunos llegaron a afirmar que había que ascender al rubiecito y que entonces sólo quedaría un soldado raso en el terreno: Hektor, el perro negro del eslovaco...

Antes de que el profesor Rácz saliera del aula, Boka levantó dos dedos dando a entender a los muchachos de la calle Pál que la reunión se celebraría a las dos. Los demás alumnos, que no pertenecían al grupo, los envidiaron muchísimo al ver que todos respondían con el saludo militar cuando recibían el aviso de Boka y mostraban de ese modo que habían entendido la señal del presidente.

Y se disponían ya a marcharse cuando ocurrió algo.

El profesor Rácz se detuvo en los escalones de la cátedra.

—Esperad —dijo.

Extrajo un papelito del bolsillo y comenzó a leer los siguientes nombres que tenía allí apuntados:

—¡Weisz!

—Presente —dijo asustado Weisz.

El profesor continuó:

—¡Richter! ¡Csele! ¡Kolnay! ¡Barabás! ¡Leszik! ¡Nemecsek!

Cada uno respondió:

—¡Presente!

El profesor Rácz guardó el papelito en el bolsillo y dijo:

—Vosotros no os vais a casa, sino que venís conmigo a la sala de profesores. Tengo que resolver un pequeño asunto con vosotros.

Y salió del aula sin explicar el motivo de esa extraña invitación. Se produjo un enorme alboroto:

—¿Por qué nos llama?

—¿Por qué tenemos que quedarnos?

—¿Qué querrán de nosotros?

Esto se preguntaban los unos a los otros los convocados. Y como todos pertenecían al grupo de los muchachos de la calle Pál, se juntaron en torno a Boka.

—No sé qué será —dijo el presidente—. Id, y yo os espero en el pasillo. —Luego se volvió hacia los demás:— Entonces no nos encontramos a las dos, sino a las tres. Hemos sufrido un contratiempo.

El gran pasillo de la escuela se fue llenando de gente. Las demás aulas también iban escupiendo a los estudiantes, una enorme confusión, prisas, resbalones se adueñaron de aquel corredor de grandes ventanales que normalmente permanecía quieto. Todos se apresuraban.

—¿Os han encerrado? —preguntó un muchacho al apesadumbrado grupo reunido ante la sala de profesores.

—No —respondió Weisz con orgullo.

El muchacho se fue corriendo. Sintieron envidia al verlo marcharse. Él ya se iba a casa...

Al cabo de unos minutos de espera se abrió la puerta de vidrio opalino de la sala de profesores y apareció la figura alta y delgada del profesor Rácz.

—Entrad —dijo, y les mostró el camino.

La sala de profesores estaba vacía. Los muchachos se quedaron en profundo silencio en torno a la mesa larga y verde. El último cerró respetuosamente la puerta. El profesor Rácz se sentó a la cabecera de la mesa y miró alrededor.

—¿Estáis todos aquí?

—Sí.

El alboroto feliz de los muchachos que volvían a sus casas se oía desde abajo, desde el patio. El profesor cerró la ventana y se produjo entonces un silencio terrorífico en aquella gran sala provista de una biblioteca. El profesor Rácz habló en medio de un silencio sepulcral.

—Se trata de que vosotros habéis fundado algo así como un club. Me he enterado de ello. He oído hablar de un llamado club de la masilla. El que me lo ha contado me ha dado también la lista de sus miembros. Vosotros sois esos miembros. ¿Es verdad?

Nadie respondió. Todos estaban con la cabeza gacha, mudos, el uno al lado del otro, dando a entender así que la acusación era cierta.

El profesor continuó:

—Vamos por orden. En primer lugar quiero saber quién fundó el club, toda vez que he dejado siempre bien claro que no toleraría la fundación de ningún tipo de club. ¿Quién lo fundó?

Profundo silencio.

Una tímida voz respondió:

—Fue Weisz.

El profesor lanzó a Weisz una mirada severa.

—¡Weisz! ¿No eres capaz de hablar por tu cuenta?

La respuesta sonó humilde:

—Sí, soy capaz.

—¿Entonces por qué no has hablado?

El pobre Weisz volvió a callar. El profesor Rácz se encendió un cigarro y sopló el humo.

—A ver, vamos por orden —dijo—. En primer lugar: ¿qué es esa masilla?

En vez de responder, Weisz sacó de su bolsillo un trozo enorme de masilla y lo puso en la mesa. Se lo quedó mirando un rato y luego declaró en voz tan baja que apenas se pudo oír:

—Esta es la masilla.

—¿Y qué es? —preguntó el profesor.

—Una pasta con la que los vidrieros sujetan los cristales a los marcos de las ventanas. El vidriero la pone allí y uno la saca de la ventana con la uña.

—¿Y esto lo has sacado tú?

—No, por favor. Es la masilla del club.

Al profesor se le quedaron los ojos como platos.

—¿Qué dices?

Weisz se animó ya un poquito.

—La han reunido los miembros —dijo—, y la junta directiva me ha encargado su custodia. Porque antes la guardaba Kolnay, porque era el tesorero, pero se le secó porque no la masticaba nunca.

—Vaya, ¿hay que masticarla?

—Sí, porque de lo contrario se endurece, y entonces no se puede moldear. Yo la he masticado todos los días.

—¿Por qué precisamente tú?

—Porque el reglamento pone que el presidente está obligado a masticar la masilla del club como mínimo una vez al día porque si no se endurece... —Entonces Weisz se echó a llorar y añadió gimoteando—: Y ahora el presidente soy yo...

El ambiente reinante era grave. El profesor gritó con tono severo:

—¿Dónde habéis recogido este trozo tan grande?

Se produjo un silencio. El profesor miró a Kolnay:

—Kolnay, ¿dónde lo habéis recogido?

Kolnay respondió farfullando, como quien quiere arreglar su situación con una confesión sincera:

—Lo tenemos, señor profesor, desde hace un mes. Yo lo mastiqué durante una semana, pero entonces era más pequeño. El primer trozo lo trajo Weisz, y por eso fundamos el club. Su padre lo llevó un día en coche, y él lo extrajo de la ventanilla. Le sangraron las uñas. Luego se rompió el cristal de la ventana en el aula de música, y yo vine por la tarde, y me pasé la tarde entera esperando a que llegara el vidriero, y a las cinco llegó el vidriero, y le pedí que me diera un poco de masilla, pero no me contestó, porque no podía, porque tenía el hocico lleno de masilla.

El profesor frunció el ceño. Con expresión severa preguntó:

—¿Qué palabras son estas? ¡El caballo tiene hocico!

—Pues tenía la boca llena. Él también la masticaba. Luego me acerqué y le pedí que me dejara mirar cómo arreglaba la ventana. Me hizo una señal para autorizarme. Y me lo quedé mirando mientras él encajaba el cristal, y luego se marchó. Y cuando se fue, me acerqué a la ventana y le quité la masilla y me la llevé. Pero no la robé para mí, sino para el club... pa... pa... para... e... el... c... club... —concluyó llorando él también.

—No llores —le dijo el profesor Rácz.

Weisz no paraba de pellizcar el doblez de su abrigo y, confundido como estaba, creyó necesario observar lo siguiente:

—Ahora mismo le da una llantera...

Y Kolnay, en efecto, sollozaba, se deshacía en lágrimas. Weisz le susurró:

—¡Para ya!

Y entonces él también empezó a sollozar. La llantera conmovió al profesor Rácz. Dio importantes caladas a su cigarro. Entonces se salió de la fila Csele, el elegante Csele, se plantó ante el profesor con actitud orgullosa, decidido a ser él también una personalidad romana como Boka el día anterior en el terreno. Dijo con voz firme:

—Señor profesor, yo también aporté masilla al club.

Miró con orgullo a los ojos del profesor Rácz. Este le preguntó:

—¿De dónde?

—De casa —respondió Csele—, rompí la bañera del pájaro, y mi mamá la mandó arreglar, y yo enseguida le quité la masilla. El agua se vertía en la alfombra cuando Mandi se bañaba. ¿Para qué bañar a un pájaro así? Los gorriones no se bañan nunca y están sucios de todos modos.

El profesor Rácz se inclinó hacia delante en la silla. Dijo con tono amenazante:

—¡Veo que estás de buen humor, Csele! ¡Ya te ayudaré yo a resolver tu problema! Continúa, Kolnay.

Kolnay no paraba de gimotear. Se limpió la nariz.

—¿Continuar qué?

—¿De dónde sacasteis el resto?

—Ya lo ha dicho Csele... Y el club me dio una vez sesenta céntimos para que consiguiera yo también.

Esto ya no gustó al profesor Rácz.

—O sea, que ¿también habéis comprado?

—No —dijo Kolnay—. Pero mi padre es médico, y por las mañanas se desplaza en un coche de alquiler a ver a los enfermos, y una vez me llevó, y yo quité la masilla de la ventanilla del coche, y era una masilla muy blanda, de manera que el club me dio seis monedas de seis céntimos para que me subiera a un coche de esos, y esa misma tarde me subí y me fui hasta Tisztviselőtelep, y quité la masilla a las cuatro ventanillas y después volví a casa a pie.

El profesor lo recordó:

—¿Fue cuando me topé contigo cerca de la academia militar de Ludovica?

—Sí.

—Y te saludé... Y no me contestaste.

Kolnay agachó la cabeza y respondió con tono triste:

—Porque tenía el hocico lleno de masilla.

Y Kolnay se echó a llorar de nuevo. Y Weisz volvió a ponerse nervioso, volvió a pellizcar el doblez de su abrigo, volvió a decir, confundido como estaba:

—Ahora mismo le da una llantera...

Y él mismo también empezó a llorar. El profesor se levantó y se puso a deambular por la sala. Sacudía la cabeza.

—Vaya club. ¿Y quién era el presidente?

Ante esta pregunta, Weisz olvidó de pronto su pena. Dejó de llorar y respondió con orgullo:

—Yo.

—¿Y el tesorero?

—Kolnay.

—¡Dame el dinero que ha quedado!

—Tenga.

Kolnay metió la mano en el bolsillo. Este no era más pequeño que el de Csónakos. Tuvo que hurgar allí dentro y fue poniendo sobre la mesa cuanto encontraba. Primero apareció un forinto con cuarenta y tres céntimos. Después dos sellos de cinco céntimos, una tarjeta postal franqueada, dos timbres, ocho plumas nuevas y una canica de cristal de colores. El profesor contó el dinero y se ensombreció:

—¿De dónde sacasteis el dinero?

—De las cuotas de los socios. Todos tenían que poner una moneda de seis céntimos por semana.

—¿Y para qué?

—Pues para pagar la cuota. Weisz renunció al sueldo de presidente.

—¿Y a cuánto ascendía?

—A cinco céntimos por semana. Yo traje los sellos, la tarjeta postal la trajo Barabás, y los timbres, Richter. Su padre... De su padre, él...

El profesor lo interrumpió:

—¿Los robó? ¡A ver! ¡Richter!

Richter dio un paso adelante y bajó la mirada.

—¿Los robaste?

Richter asintió, dando a entender que sí. El profesor sacudió la cabeza.

—¡Qué depravación! ¿Qué es tu padre?

—El doctor Ernő Richter, abogado y jurisconsulto. Pero el club devolvió el timbre robado.

—¿Eso cómo?

—Pues porque robé el timbre de mi padre, y como me entró miedo, el club me dio una corona, y entonces compré otro timbre y lo devolví a su escritorio. Y mi padre me pilló, no cuando lo robaba, sino cuando lo devolvía, y me plantó un guantazo en el cuello...

Se corrigió al percibir la mirada severa del profesor:

—...me pegó por ello, y luego me dio otra bofetada porque lo devolvía, y me preguntó que dónde lo había robado, y yo no quise explicárselo, porque entonces me habría dado otra bofetada, y le dije que me lo dio Kolnay, y entonces me dijo: «Ahora mismo se lo devuelves a Kolnay porque seguro que lo ha robado de algún sitio»... Y se lo llevé a Kolnay, y por eso tiene el club ahora dos timbres.

El profesor Rácz se puso a reflexionar.

—Pero ¿por qué comprasteis un timbre nuevo si podrías haber devuelto el viejo?

—Eso no podía ser —contestó Kolnay en lugar de Richter—, porque en el dorso llevaba ya el matasellos del club.

—Vaya, ¿también tenéis matasellos? ¿Dónde está?

—El custodio de la estampilla es Barabás.

Le tocó el turno a Barabás. Dio un paso adelante. Lanzó una mirada asesina a Kolnay, que siempre le daba problemas. Todavía recordaba la escena del sombrero en el terreno... Sin embargo, no le quedaba otra opción, tuvo que poner la hermosa estampilla de caucho sobre la mesa verde del claustro con la cajita de lata que contenía la almohadilla empapada en tinta. El profesor examinó la estampilla. Llevaba escritas las siguientes palabras: «Asociación de Recogida de Masillas, Budapest, 1889.» El profesor Rácz contuvo la sonrisa y volvió a sacudir la cabeza. Esto indignó a Barabás. Alargó la mano hacia la mesa con la intención de coger la estampilla. Pero el profesor puso su mano encima.

—¿Qué quieres?

—Por favor —respondió Barabás—, he jurado dar mi vida por defender la estampilla y no entregarla nunca a nadie.

El profesor guardó la estampilla en el bolsillo.

—¡Silencio! —dijo.

Pero Barabás ya no pudo reprimirse.

—Entonces —dijo—, ¡quítele a Csele también la bandera!

—Vaya, ¿también tenéis una bandera? Dámela —dijo el profesor volviéndose hacia Csele. Este metió la mano en el bolsillo y extrajo una minúscula banderita con un asta de alambre. Era obra de su hermana, igual que la bandera del terreno. En general, los trabajos de costura corrían a cargo de la hermana de Csele. Sin embargo, la bandera era roja, blanca y verde y llevaba escritas las siguientes palabras: «Asociación de Recogida de Masillas, Budapest, 1889. ¡Juramos no ser nunca mas esclavos!»[3]

—A ver —dijo el profesor—, ¿quién es el pajarraco que escribió «más» sin acento? ¿Quién lo escribió?

Nadie respondió. El profesor repitió la pregunta con voz retumbante:

—¿Quién lo escribió?

Csele reflexionó un poco. Se preguntó si valía la pena meter a los muchachos en un problema. Fue Barabás quien escribió «más» sin acento, pero ¿por qué había de sufrir Barabás? Por tanto, dijo con tono humilde:

—Lo escribió mi hermana, señor.

---

3. Se trata de un verso del poema patriótico «En pie, magiares», del poeta húngaro Sándor Petőfi. (N. del e.)

Y tragó saliva. No era bonito por su parte, pero salvaba así a su compañero... El profesor no respondió. Y los muchachos comenzaron a hablar sin orden ni concierto.

—Vaya, no es bonito por parte de Barabás que soltara lo de la bandera —señaló furioso Kolnay.

Barabás se defendió:

—¡Siempre se mete conmigo! Si me han quitado la estampilla, el club se habrá acabado de todos modos.

—¡Silencio! —cortó la discusión el profesor Rácz—. Yo ayudaré a resolver vuestros problemas. A partir de ahora queda disuelto el club, ¡y que no me entere nunca más de que os habéis metido en algo por el estilo! En conducta recibiréis todos un «suficiente», y Weisz, un «suspenso», por ser el presidente.

—¡Perdón! —señaló humildemente Weisz—. Hoy era precisamente mi último día en la presidencia, porque hoy se celebraba la asamblea general y ya habíamos elegido a otro para este mes.

—Elegimos a Kolnay —dijo Barabás con una sonrisa.

—Me da igual —terció el profesor—. Mañana os quedáis todos hasta las dos. Yo os ayudaré a resolver vuestros problemas. ¡Y ahora ya podéis marcharos!

—¡A su servicio! —dijeron todos en coro, y se pusieron en movimiento. Weisz aprovechó el instante de confusión para tratar de agarrar la masilla. El profesor lo vio.

—¡Déjala donde está!

Weisz puso cara sumisa:

—¿No nos devuelve la masilla?

—No. Es más, quien tenga todavía, que me la dé en el acto, porque si me entero de que a alguien le queda aún, actuaré contra él con el máximo rigor.

Entonces Leszik, que hasta entonces no había dicho ni pío, dio un paso adelante. Extrajo de su boca un trozo de masilla y lo agregó al del club, con el corazón dolorido y con la mano sucia.

—¿Es todo?

A modo de respuesta, Leszik abrió la boca para mostrar que no le quedaba nada. El profesor cogió su sombrero.

—¡Que sea la última vez que me entero de que habéis fundado un club! ¡Largo! ¡A casa!

Los muchachos salieron desfilando en silencio, sólo uno de ellos dijo en voz baja:

—¡A su servicio!

Era Leszik, porque antes, cuando saludaron los demás, tenía la boca llena.

El profesor se marchó, y el disuelto club de la masilla se quedó solo. Los muchachos se miraron con tristeza. Kolnay contó la historia del interrogatorio a Boka, que los había esperado. Boka respiró aliviado.

—Me asusté mucho —aseguró este—, pues creí que alguien había denunciado el terreno...

Entretanto, Nemecsek se acercó al grupo y dijo susurrando:

—Mirad... mientras os interrogaban, yo estaba junto a la ventana... era nueva... así que...

Mostró un trozo de masilla fresca que acababa de sacar de la ventana. Los demás lo miraron con devoción.

A Weisz se le iluminaron los ojos.

—Pues si hay masilla, ¡vuelve a existir el club! Celebraremos la asamblea general en el terreno.

—¡En el terreno! ¡En el terreno! —gritaron los otros. Y todos echaron a correr hacia sus casas. La escalera retumbaba por la contraseña, que los muchachos de la calle Pál coreaban a voz en cuello.

—¡*Holahaló*! ¡*Holahaló*!

Salieron de prisa y corriendo por la puerta principal. Todos salvo Boka, que iba despacio. No estaba de buen humor. No podía olvidar a Geréb, al traidor Geréb, que llevaba el farol en la isla del Jardín Botánico. Regresó a casa sumido en graves reflexiones, almorzó y se puso a hacer los deberes de latín para el día siguiente...

Dios sabe cómo pudieron actuar tan rápido, pero lo cierto es que los miembros del club de la masilla se presentaron a las dos y media en el terreno. Barabás acudió directamente del almuerzo, pues aún masticaba un gran trozo de corteza de pan. Esperó en la puerta a Kolnay con la intención de darle un coscorrón. Demasiadas maldades había hecho Kolnay ya.

Cuando estaban todos, Weisz los invitó a pasar a un lugar entre las pilas de leña.

—Inauguro la asamblea general —dijo con tono grave y solemne.

Kolnay, que había recibido ya el coscorrón y hasta lo había devuelto, opinaba que debían mantener el club a pesar de la prohibición del profesor.

Barabás, sin embargo, sospechó de esta opinión:

—Lo dice porque ahora le toca la presidencia. Yo opino que ya basta del club de la masilla. Vosotros sois presidentes el uno tras el otro, mientras que nosotros masticamos la masilla en vano. Yo ya lo odio. ¿No puedo tener en la boca otra cosa que siempre ese mismo pringue?

Nemecsek quiso hablar entonces:

—Pido la palabra —dijo al presidente.

—El secretario pide la palabra —dijo con tono serio Weisz e hizo sonar una campanilla de dos céntimos.

A Nemecsek, sin embargo, que ostentaba el cargo de secretario en el club de la masilla, se le heló la palabra en la garganta. Acababa de ver a Geréb junto a una de las pilas de leña. Nadie sabía lo que él sí sabía sobre Geréb, lo que él había presenciado junto con Boka en aquella noche memorable. Geréb andaba solo y con sigilo entre las pilas y se dirigía a la choza que habitaban el eslovaco y su perro. Nemecsek tuvo la sensación de que su deber era no perder de vista al traidor, vigilar cada uno de sus pasos. Boka le había dicho que, mientras él no llegara, Geréb no debía saber que lo habían visto en la isla con los camisas rojas en torno al farol. Que creyera que nadie sabía nada del asunto.

Ahora, sin embargo, estaba allí, moviéndose con sigilo. Nemecsek quería averiguar a toda cosa por qué iba a ver al eslovaco. Por tanto, dijo lo siguiente:

—Gracias, señor presidente, pero pronunciaré mi discurso en otro momento. He recordado que tenía que resolver algo.

Weisz hizo sonar de nuevo la campanilla:

—El señor secretario pospone su discurso.

En ese momento, el señor secretario ya corría. Corría, pero no en pos de Geréb, sino a su encuentro. Atravesó el solar sin edificar y salió a la calle Pál. De allí dobló a la calle Mária y se enfiló como una exhalación hacia la puerta de la serrería. A punto estuvo de atropellarlo un enorme carromato que salía en ese momento por la puerta. La chimenea de hierro escupía vapor blanco. La sierra de vapor chillaba con tono quejumbroso en el interior de la casa, como si dijera: «¡Cuidado! ¡Cuidado!»

—Claro que voy con cuidado —le respondió Nemecsek, que pasó junto a la casita, se metió entre las pilas de leña y fue directamente a ponerse tras la choza del eslovaco. Esta tenía un alero muy amplio, cuyo borde casi tocaba la pila de leña que había detrás. Nemecsek trepó a esta y se tumbó boca abajo. Miraba de reojo, a la espera de lo que fuese a ocurrir. ¿Qué quería Geréb del eslovaco? ¿Era una estratagema de los camisas rojas? Decidió escuchar la conversación, sucediera lo que sucediera. ¡Oh, cómo se iba a cubrir de gloria! ¡Qué orgullo iba a sentir por ser el descubridor de la siguiente traición!

Mientras esperaba y miraba, vio de repente a Geréb. Se acercaba con lentitud y cautela a la choza y no paraba de mirar atrás, por si lo seguían. Sólo cuando se cercioró de que no lo seguía nadie, tomó el camino con decisión. El eslovaco estaba tranquilamente sentado en un banco delante de la choza y fumaba en pipa las colillas de cigarros que los muchachos solían llevarle. Porque todo el mundo juntaba colillas para Janó.

El perro, que estaba a su lado, se incorporó de golpe. Ladró una o dos veces en dirección a Geréb, pero al percibir que era alguien del lugar volvió a echarse en su sitio. Geréb se arrimó a Janó, de manera que el alero ocultó a ambos ante la mirada de Nemecsek. Pero el pequeño rubio se volvió intrépido. Sin hacer ruido, con el mayor sigilo posible, pasó de la pila de leña al tejado de la choza. Se tumbó boca abajo en la cubierta y se arrastró hacia delante y hacia arriba con la intención de sacar la cabeza sobre la puerta y observarlos desde lo alto. Los tablones crujieron una o dos veces bajo su cuerpo, y Nemecsek tuvo la sensación de que se le helaba la sangre en las venas... Pero siguió, y avanzó la cabeza con cuidado, y si en ese momento se les hubiera ocurrido al eslovaco o a Geréb mirar hacia arriba, se habrían asustado al ver en el borde de los tablones la cabecita rubia e inteligente de Nemecsek, que miraba con los ojos abiertos de par en par lo que ocurría allí delante de la choza.

Geréb, muy cerca del eslovaco, le decía con tono amistoso:

—¡Buenos días, Janó!

—Buenos días —respondió el eslovaco, sin quitarse siquiera la pipa de la boca.

Geréb se inclinó hacia él.

—¡He traído cigarros, Janó!

Entonces, el eslovaco sí se quitó la pipa de la boca. Se le iluminaron los ojos. El pobre Janó pocas veces había tenido la suerte de ver un cigarro entero. A él sólo le tocaba cuando alguien ya se había fumado la mejor parte.

Geréb extrajo tres cigarros de su bolsillo y los dio a Janó.

«Vaya», pensó Nemecsek, «he hecho bien en subirme aquí. Este quiere algo del eslovaco si empieza dándole cigarros.»

Y escuchó que Geréb decía en voz baja al eslovaco:

—Janó, entre conmigo en la choza... no quiero hablar aquí fuera con usted... no quiero que nos vean... se trata de algo importante. ¡Le podré conseguir más cigarros si quiere!

Y extrajo todo un puñado de cigarros del bolsillo.

Nemecsek meneó la cabeza en el tejado.

«Debe de ser una maldad muy grande si ha traído tantos cigarros», pensó.

El eslovaco, por supuesto, entró feliz y contento en la choza, seguido por Geréb. Y a este le siguió el perro. Nemecsek se enfadó.

«No me enteraré de nada de lo que dicen», pensó, «todo mi plan, tan perfectamente ideado, se ha ido al garete...»

Y le dio mucha envidia el perro, que pudo colarse antes de que cerraran la puerta. Porque, claro, incluso cerraron la puerta. Nemecsek recordó los cuentos en que la comadrona con nariz de hierro convierte al príncipe en perro y en ese momento estaba dispuesto a dar diez o veinte canicas de cristal a cambio de que una comadrona con nariz de hierro lo transformara por unos minutos en un perro negro y reconvirtiera luego a Hektor en el rubiecito Nemecsek. Porque al fin y al cabo eran colegas, soldados rasos ambos...

En vez de una comadrona con nariz de hierro, sin embargo, acudió en su ayuda un insecto con dientes de hierro: esa pobre carcoma que en su día mordisqueó uno de los tablones de la cubierta y cuya familia entera se sació con esa rica madera blanda, sin intuir que algún día haría un gran favor a los muchachos de la calle Pál. Donde la carcoma había hecho orificios en la madera, esta era más delgada. Nemecsek apoyó la cabeza sobre el tablón y escuchó. Se oían voces apagadas desde el interior de la choza. Y Nemecsek no tardó en comprobar con alegría que entendía perfectamente cada una de las palabras que se decían. Geréb hablaba en voz muy baja, como alguien que temía que se le escuchara incluso en ese lugar tan apartado. Dijo lo siguiente al eslovaco:

—¡Janó, no sea tonto! Puede usted recibir de mí cuantos cigarros quiera. Pero tendrá que hacer algo a cambio.

Janó preguntó con tono rezongón:

—¿Qué tengo que hacer?

—Echar a los muchachos del terreno. No hay que dejarlos jugar a la pelota ni desmontar las pilas de leña.

Por unos instantes no se oyó nada. Nemecsek dedujo que el eslovaco estaba pensando. Después volvió a oírse su voz:

—¿Echarlos?

—Sí.

—¿Por qué?

—Porque otros quieren venir aquí. Esos otros son todos muchachos ricos... habrá cigarros en cantidad... y dinero...

Esto surtió efecto.

—¿También dinero? —preguntó Janó.

—Dinero. Forintos.

Los forintos convencieron definitivamente al eslovaco.

—Vale —dijo—. Los echaremos.

Se oyó el chirrido de la manilla, se oyó el rechinido de la puerta. Geréb salió de la choza. Para entonces, Nemecsek ya no estaba en el tejado. Había bajado con la habilidad de un gato, había saltado cayendo de pie, y corría ya entre las pilas de leña rumbo al terreno. Muy nervioso estaba el rubiecito, consciente de que el destino de los muchachos y el futuro del terreno estaban en sus manos. Tan pronto como vio al grupo, empezó a gritar desde lejos:

—¡Boka!

Nadie respondió.

Volvió a gritar:

—¡Boka! ¡Señor presidente!

Una voz le contestó:

—¡No ha llegado aún!

Nemecsek corría como un poseso. Tenía que informar enseguida a Boka sobre el asunto. Había que actuar de inmediato, antes de que los expulsaran de su reino. Cuando superó como una exhalación la última pila de leña, vio a los miembros del club de la masilla, que seguían reunidos. Weisz continuaba presidiendo con gesto serio la asamblea, y cuando el rubiecito pasó corriendo lo llamó a voz en grito:

—¡*Holahaló!* ¡Señor secretario!

Nemecsek hizo una señal dando a entender que no se pararía.

—¡Señor secretario! —le gritó Weisz, y para reforzar su autoridad hizo sonar la campanilla de presidente.

—¡No tengo tiempo! —respondió a voz en cuello Nemecsek, que corría decidido a ir a buscar a Boka en su casa. Weisz utilizó entonces el último recurso. Le gritó con voz chirriante:

—¡Soldado! ¡Deténgase!

Tenía que pararse, claro, puesto que Weisz era subteniente... El pequeño rubio estaba que echaba las muelas, pero se vio obligado a obedecer puesto que Weisz había sacado a relucir su rango.

—¡A sus órdenes, señor subteniente!

Y se cuadró.

—A ver —dijo el presidente del club de la masilla—, acabamos de declarar que a partir del día de hoy el club continuará funcionando como organización secreta. Y hemos elegido a un nuevo presidente.

Los muchachos gritaron entusiasmados el nombre del nuevo jefe:

—¡Viva Kolnay!

Sólo Barabás dijo con una sonrisa:

—¡Abajo Kolnay!

El presidente, sin embargo, prosiguió:

—Si el señor secretario quiere mantener su cargo, ahora mismo tendrá que jurar con todos nosotros mantener el secreto, puesto que si el profesor Rácz se entera de que...

En ese preciso instante, Nemecsek vio a Geréb moverse con sigilo entre las pilas de leña. Si Geréb se marchaba, estaría todo perdido... Perdidas las fortalezas, perdido el terreno... Pero si Boka trataba de convencerlo, a lo mejor el sentimiento del bien se adueñaba de él. El pequeño rubio a punto estaba de echarse a llorar por la rabia. Cortó las palabras del presidente:

—Señor presidente... ahora no tengo tiempo... he de marcharme...

Weisz le preguntó con tono severo:

—¿Le da miedo al señor secretario? ¿Teme tal vez ser castigado si se descubre?

Nemecsek, sin embargo, ya no le prestaba atención. Sólo miraba a Geréb que, escondido entre las pilas, esperaba el momento de que los muchachos se fueran a otro sitio para escabullirse y salir a la calle... Al comprobar eso, dejó plantado el club de la masilla sin decir ni palabra, se sujetó el abrigo delante y —¡al ataque!— atravesó el terreno como una exhalación y salió por la puerta.

Un profundo silencio se posó sobre la asamblea. En ese silencio sepulcral se oyó la voz del presidente, que habló con un tono igualmente sepulcral:

—Los honorables miembros del club acaban de ver el comportamiento de Ernő Nemecsek. ¡Declaro solemnemente que Ernő Nemecsek es un cobarde!

—¡Así es! —respondió la asamblea a voz en cuello.

Hasta Kolnay gritó:

—¡Traidor!

Nervioso, Richter pidió la palabra:

—¡Propongo que retiremos el cargo de secretario al cobarde traidor que ha dejado al club en la estacada, que lo expulsemos de la asociación y que apuntemos en el libro de actas secreto que es un traidor!

—¡Viva! —gritaron todas las gargantas al unísono. Acto seguido, el presidente pronunció la sentencia en medio de un profundo silencio:

—La asamblea declara a Ernő Nemecsek un cobarde traidor, le retira el cargo de secretario y lo excluye de la asociación. ¡Señor notario!

—¡Presente! —dijo Leszik.

—Apunte en el libro de actas que la asamblea ha declarado a Ernő Nemecsek un cobarde traidor, y escriba su nombre con letras minúsculas.

Un rumor recorrió la asamblea. Según el reglamento, era el castigo más severo. Varios rodearon a Leszik, que enseguida se sentó en el suelo, abrió sobre las rodillas el cuaderno de cinco céntimos que era el libro de actas del club y escribió con grandes garabatos:

¡¡¡ernő nemecsek traidor!!!

Así deshonró el club de la masilla a Ernő Nemecsek.

Mientras, Ernő Nemecsek o, si se prefiere, *ernő nemecsek* corría hacia la calle Kinizsi, donde Boka vivía en una humilde casita de una sola planta. Entró en el portal y se topó directamente con Boka.

—¡Vaya! —dijo Boka en cuanto lo reconoció—. ¿Qué haces aquí?

Nemecsek le contó jadeando sus experiencias y, tirando del abrigo de Boka, le instó a darse prisa. Juntos corrieron rumbo al terreno.

—¿Todo eso lo has visto y oído? —preguntó Boka mientras corría.

—Lo he visto y lo he oído.

—¿Y Geréb sigue allí?

—Si nos damos prisa, allí lo encontraremos.

Tuvieron que detenerse ante la clínica. El pobre Nemecsek empezó a toser. Se apoyó contra el muro.

—Tú... —dijo—, tú sigue... corre... yo... déjame acabar de... toser... Tosió con fuerza.

—Estoy resfriado —dijo a Boka, que no se movió de su lado—. Me resfrié en el Jardín Botánico... Cuando caí en el lago, no pasó nada. Pero en el invernáculo, cuando me escondí en el estanque, aquella agua estaba helada. Allí sentí un escalofrío.

Entraron a la calle Pál. En el preciso momento en que doblaban la esquina se abrió la portezuela de la valla. Y por ella salió Geréb precipitadamente. Nemecsek cogió del brazo a Boka.

—¡Allí va!

Boka juntó las manos ante los labios a modo de embudo y con voz estridente gritó en medio de aquella silenciosa calleja:

—¡Geréb!

Geréb se detuvo y se dio la vuelta. Al ver a Boka, soltó una risotada. Riendo a carcajadas se fue a toda prisa rumbo a la avenida. Su risa burlona se oyó con claridad entre las casas de la calle Pál. Geréb se reía de ellos.

Los dos muchachos se quedaron en la esquina como si los hubieran clavado allí. Geréb desapareció de la vista. Tenían la sensación de que todo estaba perdido. No se dijeron ni una palabra y caminaron en silencio hacia la portezuela del terreno. Oyeron el alegre alboroto de los muchachos que jugaban a la pelota en el interior y luego un grito estridente: los miembros del club de la masilla daban vivas a su nuevo presidente... Ninguno de ellos sabía aún que aquel trozo de tierra ya no era suyo. Aquel trocito de tierra de Pest, yermo e irregular, aquel llano encajado entre dos edificios que para sus almas infantiles significaba la infinitud y la libertad, que era la pradera americana por la mañana, la llanura húngara por la tarde, el océano en días de lluvia y el Polo Norte en invierno y que se convertía en lo que ellos querían para entretenerse.

—Ya ves —dijo Nemecsek—, ellos ni siquiera lo saben...

Boka agachó la cabeza.

—No lo saben —repitió en voz baja.

Nemecsek confiaba en la inteligencia de Boka. No perdía la esperanza mientras veía a su perspicaz y sosegado amiguito. Sólo se asustó de verdad cuando vio asomar las primeras lágrimas a los ojos de Boka y escuchó que el presidente, el presidente en persona, decía con profunda tristeza y voz temblorosa:

—¿Y ahora qué hacemos?

Capítulo 5

Dos días después, el jueves, cuando la noche descendía sobre el Jardín Botánico, los dos guardias apostados en el puente presentaron armas al ver acercarse una figura oscura.

—¡Saluda! —gritó uno de los vigilantes.

Y ambos levantaron entonces sus lanzas de punta plateada, en las que se reflejó la tenue luz de la luna. El saludo iba dirigido al líder de los camisas rojas, Feri Áts, que cruzó el puente a toda prisa.

—¿Están todos? —preguntó a los guardias.

—¡Sí, mi capitán!

—¿También Geréb?

—Fue el primero en llegar, mi capitán.

El jefe saludó con un gesto de la mano, a lo cual los guardias volvieron a levantar las lanzas por encima de sus cabezas. Era la manera de presentar armas propia de los camisas rojas.

Todos estaban ya reunidos en el pequeño claro de la isla.

Cuando Áts se sumó a ellos, el mayor de los Pásztor gritó:

—¡Saludad!

Y se alzó una gran cantidad de largas lanzas revestidas de papel de plata.

—Tenemos que darnos prisa, muchachos —dijo Feri Áts, después de devolver el saludo—, porque me he retrasado un poco. Vamos al grano. Encended el farol.

No se podía encender el farol antes de la llegada del jefe. Que estuviera prendido significaba que Feri Áts se encontraba en la isla. El menor de los Pásztor lo encendió, y los camisas rojas se acurrucaron en torno a aquella lucecita. Nadie abrió la boca, todos esperaban las palabras del líder.

—¿Alguien tiene algo que informar? —preguntó.

Szebenics levantó la mano.

—¿A ver?

—Comunico con todos mis respetos que en el depósito de armas falta la bandera rojiverde que el señor capitán trajo como botín de la calle Pál.

El jefe frunció el ceño.

—¿No falta ni una de las armas?

—No. Como encargado del depósito de armas, he examinado los *tomahawks* y los dardos. Estaban todos, sólo faltaba la banderita. Alguien la robó.

—¿Viste huellas?

—Sí. Como todas las noches, ayer también esparcí arena fina por el interior de la ruina según manda el reglamento, y hoy, cuando la inspeccioné, encontré las huellas de unos pies muy pequeños que iban directamente de la grieta al rincón donde estaba la bandera y luego del rincón a la grieta. Allí desaparecieron de mi vista porque en ese lugar el suelo está duro o cubierto de hierba.

—¿Las huellas eran pequeñas?

—Sí. Mucho más pequeñas incluso que las de Wendauer, y eso que él tiene los pies más pequeños de todos nosotros.

Se hizo un profundo silencio.

—Algún extraño debe de haber estado en el depósito de armas—dijo el jefe—. Concretamente, uno de los muchachos de la calle Pál.

Un rumor recorrió a los camisas rojas.

—Lo supongo —continuó Áts—, porque, si hubiera sido otro, se habría llevado como mínimo alguna de las armas. Pero sólo se llevó la bandera. Probablemente los muchachos de la calle Pál encargaron a alguien que sustrajera la bandera y se la llevara de vuelta. ¿No sabes nada de esto, Geréb?

Es decir, Geréb actuaba ya como espía permanente. Se incorporó:

—No, nada.

—Está bien. Puedes sentarte. Investigaremos el caso. Pero ahora resolvamos nuestro asunto de hoy. Como sabéis, el otro día nos cubrieron de vergüenza. Mientras estábamos todos en la isla, el enemigo clavó un papel rojo en este árbol. No pudimos atraparlos, tal fue su habilidad. Perseguimos a dos muchachos extraños hasta llegar a Tisztviselőtelep, y allí descubrimos que ellos huían en vano ante nosotros y que nosotros corríamos en vano tras ellos. La colocación del papel se hizo con el propósito de avergonzarnos, lo cual exige venganza. Aplazamos la invasión del terreno hasta que Geréb examinara la situación. Geréb nos informará, pues, ahora, y nosotros decidiremos cuándo declaramos la guerra.

Miró a Geréb.

—¡Geréb! ¡Levántate!

Geréb se incorporó de nuevo.

—Vamos a escuchar tu informe. ¿Qué hiciste?

—Yo... —dijo un tanto inseguro el muchacho— opinaba que tal vez podríamos conquistar ese territorio sin recurrir a la lucha. Pensé que, como alguna vez pertenecí a ellos... y para qué ser yo el motivo de que... vamos, que soborné al eslovaco que se encarga de la vigilancia de la serrería y que entonces los va... los va a... de allí...

Se quedó sin palabras. No pudo continuar, tal era la severidad con que Feri Áts le miraba a los ojos. Y, en efecto, este habló con su voz sonora y profunda que tantas veces hacía temblar a los muchachos cuando se enfadaba por algún motivo.

—¡No! —gritó—. ¡Me parece que todavía no conoces a los camisas rojas! ¡Nosotros no vamos ni a sobornar ni a negociar! Si no nos dan algo por las buenas, nos lo quedamos por las malas. ¡No necesito yo ni eslovacos, ni expulsiones, caramba! ¡Qué manera de actuar más subrepticia!

Todos callaban, y Geréb bajó la vista.

Feri Áts se levantó:

—¡Si eres un cobarde, vete a tu casa!

Lo dijo con mirada centelleante. Y Geréb se asustó mucho. Tuvo la sensación de que, si los camisas rojas lo expulsaban de su seno, realmente ya no tendría un lugar en el mundo. Levantó, pues, la cabeza y trató de hablar con tono valiente:

—¡No soy un cobarde! Estoy con vosotros, estoy de vuestro lado, os juro fidelidad.

—Esto ya suena de otra manera —dijo Áts, pero se le notó en la expresión del rostro que no sentía simpatía por el recién llegado—. Si quieres quedarte con nosotros, jura que respetarás nuestras leyes.

—Con mucho gusto —dijo Geréb, aliviado.

—¡Dame la mano!

Se estrecharon la mano.

—A partir de ahora tendrás rango de teniente entre nosotros. Szebenics te dará una lanza y un *tomahawk* y registrará tu nombre en la lista secreta. ¡Y ahora escucha! La cosa no se puede aplazar. Fijo el día de mañana para el ataque. Por la tarde nos reuniremos aquí todos. Una mitad de la tropa entrará por la calle Mária y ocupará las fortalezas. A la otra, tú le abrirás la portezuela de la calle Pál; y esta mitad echará de allí a los del terreno; y si se les ocurre refugiarse entre las pilas de leña, la primera los atacará desde las fortalezas. Nosotros necesitamos un espacio para jugar a la pelota, ¡y lo conseguiremos, ocurra lo que ocurra!

Todos se incorporaron de un salto.

—¡Viva! —gritaron los camisas rojas y levantaron las lanzas.

El jefe los instó a callar.

—Aún quiero hacerte una pregunta. ¿No crees que los muchachos de la calle Pál intuyen que perteneces a nosotros?

—Supongo que no —respondió el recién nombrado teniente—. Aunque alguno de ellos hubiera estado aquí el otro día, cuando clavaron el papel rojo en el árbol, no pudo verme en la oscuridad.

—¿Así que puedes sumarte a ellos tranquilamente mañana por la tarde?

—Tranquilamente.

—¿No sospecharán nada?

—No. Y aunque sospecharan, ninguno se atrevería a decir nada porque todos me tienen miedo. ¡No hay entre ellos ni un solo muchacho valiente!

De repente, una voz aguda lo interrumpió:

—¡Claro que lo hay!

Miraron alrededor. Feri Áts preguntó asombrado:

—¿Quién ha hablado?

Nadie respondió. Y volvió a sonar la voz aguda:

—¡Claro que lo hay!

En ese momento percibieron ya con nitidez que la voz provenía de lo alto del gran árbol. Enseguida empezaron a crujir las grandes ramas, algo se movió en el follaje, y al cabo de unos momentos un muchachito rubio bajaba del árbol. Tras saltar al suelo desde la última rama, se limpió primero tranquilamente la ropa, se plantó recto como una estaca y miró de hito en hito al pasmado grupo de los camisas rojas. Nadie abrió la boca, tan sorprendidos estaban todos por la repentina aparición de aquel pequeño huésped.

Geréb estaba blanco como la cera.

—¡Nemecsek! —dijo asustado.

Y el rubiecito contestó:

—Sí, Nemecsek. Soy yo. Y no investiguéis quién robó la bandera de la calle Pál de vuestro depósito de armas, porque fui yo. ¡Aquí está! Yo tengo estos piecitos más pequeños incluso que los de Wendauer. Y no habría dicho nada, me habría quedado en lo alto del árbol hasta que vosotros os hubierais marchado, porque llevaba allí acurrucado desde las tres y media. Pero cuando Geréb aseguró que no había entre nosotros ni un solo muchacho valiente, dije para mis adentros: «Tú calla, ya te mostraré yo que entre los de la calle Pál hay uno que es valiente, ¡aunque sea Nemecsek, el soldado raso!» Aquí estoy, señores, he escuchado vuestra deliberación, me he hecho con la bandera que es nuestra, ahora venid, haced conmigo lo que queráis, pegadme, arrancadme la bandera de la mano porque yo, claro, no os la entregaré de forma voluntaria. ¡A ver, señores, venid! ¡Yo estoy solo y vosotros sois diez!

Se puso rojo de tanto hablar y abrió los brazos. Una de sus manos aferraba la pequeña bandera. Los camisas rojas no salían de su asombro y no paraban de mirar a aquel muchachito rubio, a aquel pequeñajo que acababa de caer del cielo y que les gritaba a la cara con voz sonora y valiente, con la cabeza bien alta, como si tuviese fuerza suficiente para apalear a todo aquel grupo, incluidos los fornidos Pásztor y Feri Áts.

Los primeros en recuperar la sangre fría fueron los Pásztor. Se acercaron al pequeño Nemecsek y lo agarraron de los brazos, el uno por la derecha, el otro por la izquierda. El menor estaba a su derecha y ya se disponía a arrancarle la bandera cuando en medio del profundo silencio se oyó la voz de Feri Áts:

—¡Para! ¡No le hagáis daño!

Los Pásztor miraron asombrados a su jefe.

—¡No le hagáis daño! —repitió—. ¡El muchacho me gusta! Eres un muchacho valiente, Nemecsek, o como te llames. Te daré la mano. ¡Vente con nosotros, los camisas rojas!

Nemecsek se negó sacudiendo la cabeza.

—¡Eso yo no! —dijo con tono desafiante.

Le temblaba la voz, pero no por miedo, sino por la excitación. Pálido, con mirada seria, repitió:

—¡Eso yo no!

Feri Áts se sonrió. Dijo:

—Pues si no te vienes con nosotros, no pasa nada. Hasta ahora no he invitado a nadie a sumarse al grupo. Los que están han venido aquí por casualidad. Tú eres el primero al que he invitado. Pero si no quieres, no vienes...

Y le dio la espalda.

—¿Qué hacemos con él? —preguntaron los Pásztor.

El jefe les respondió volviendo ligeramente la cabeza:

—¡Quitadle la bandera!

El mayor de los Pásztor le hizo una llave a Nemecsek y quitó la bandera rojiverde de su débil manita. A Nemecsek le dolió, los Pásztor tenían unos puños terriblemente duros, pero el rubiecito apretó los dientes y no soltó ni una sílaba.

—¡Ya está! —comunicó Pásztor.

Todos estaban a la espera de lo que sucedería. Qué terrorífico castigo idearía el poderoso Feri Áts. Nemecsek seguía desafiante en su sitio, sin despegar los labios.

Feri Áts se volvió hacia él e hizo una seña a los Pásztor.

—Es muy débil. No conviene darle una paliza. Mejor será... Darle un bañito.

Los camisas rojas soltaron una gran carcajada. Feri Áts también se reía, igual que los Pásztor. Szebenics lanzó su gorra al aire, y Wendauer se puso a saltar como un loco. Incluso Geréb se echó a reír bajo el árbol, y en toda esa alegre compañía sólo quedaba un rostro serio: la carita de Nemecsek. Estaba resfriado, y llevaba días tosiendo. Su madre le había prohibido salir, pero el rubiecito no aguantó en su habitación. Se escapó de casa a las tres de la tarde, y desde las tres y media hasta la noche permaneció en lo alto del árbol en la isla. Pero por nada en el mundo estaba dispuesto a confesarlo. ¿Explicar que estaba resfriado? Se habrían reído todavía más, y Geréb también se habría reído como hacía en ese momento: se le veían todos los dientes, tan abierta tenía la boca. Nemecsek no dijo nada. Toleró que lo llevaran a la orilla en medio de la algarabía general y que los dos Pásztor lo metieran en aquel lago de agua somera. Los dos Pásztor eran unos muchachos temibles. Uno de ellos lo agarró por las manos y el otro lo sujetó por la nuca. Lo introdujeron en el agua hasta el cuello, y en ese momento todos se pusieron a lanzar gritos de júbilo en la isla. Los camisas rojas bailaban alegremente en la ribera, lanzaban las gorras al aire y soltaban alaridos:

—¡Jalajó! ¡Jalajó!

Era su grito. Los numerosos «jalajó» se fundían con las risotadas, un alegre alboroto rompió el silencio nocturno de la isla, y en la ribera, donde Nemecsek miraba desde el agua con ojos tristes como si fuese una melancólica ranita, Geréb se había plantado con las piernas separadas y señalaba al rubiecito con un gesto de la cabeza al tiempo que reía a más no poder.

Los Pásztor soltaron entonces a Nemecsek, que pudo salir del agua. Y en ese momento estalló de verdad la algazara, cuando vieron su ropa chorreante y barrosa. El agua manaba de su abriguito, y cuando agitó los brazos, salió de las mangas como si la vertieran de una jarra. Todos se apartaron de un salto cuando se sacudió como un pequinés empapado. Y lo inundaron, además, de palabras burlonas:

—¡Rana!

—¿Has bebido?

—¿Por qué no has nadado?

No respondió a las preguntas. Sonreía con amargura y se acariciaba el abrigo mojado. Pero entonces Geréb se le plantó delante, mostró los dientes con una sonrisa y moviendo, divertido, la cabeza preguntó:

—¿Te gustó?

Nemecsek lo miró con sus grandes ojos azules y respondió:

—Sí —dijo en voz baja, y añadió—: Mucho más que quedarse allí en la ribera y reírse de mí. Prefiero permanecer hasta el año que viene con el agua hasta el cuello a ser cómplice de los enemigos de mis amigos. No me importa que me hayáis metido en el agua. El otro día me metí de forma voluntaria, entonces también te vi en la isla, entre los extraños. A mí podéis invitarme a vuestro grupo, podéis halagarme, podéis darme cuantos regalos queráis, yo no tengo nada que ver con vosotros. Y si volvéis a meterme en el agua, y si volvéis a meterme cien o mil veces, yo igual vendré mañana y también pasado mañana. Me esconderé y no os percataréis de mi presencia. No tengo miedo a ninguno de vosotros. Y si venís a la calle Pál a quitarnos nuestro terreno, ¡allí estaremos nosotros! Y os mostraré que cuando también seamos diez, no hablarán con vosotros como hablo yo aquí. ¡A mí ha sido fácil tratarme! El más fuerte gana. Los Pásztor me robaron las canicas en los jardines del Museo porque eran más fuertes. Ahora me habéis tirado al agua porque sois más fuertes. ¡Diez contra uno es fácil! Eso sí, a mí no me importa. Pegadme si queréis. Si no hubiera querido, no habría acabado en el agua. Pero no me sumé a vuestro grupo. Prefiero que me ahoguéis en el agua, que me matéis a palos, pero no seré un traidor como uno que está ahí, ese... ahí...

Estiró el brazo y señaló a Geréb, al que se le atragantó la risa. La luz del farol se proyectó sobre el hermoso cabello rubio de Nemecsek, sobre su ropa que resplandecía por el agua. Con valentía, con orgullo, con el corazón limpio, miraba a Geréb a los ojos, y Geréb percibió esa mirada como si un peso cayera sobre su alma. Se puso serio y bajó la cabeza. Y en ese momento todos callaban, se hizo un profundo silencio, como si los muchachos hubieran estado en el templo, y se oía con claridad cómo iba cayendo el agua de la ropa de Nemecsek sobre el duro suelo...

Nemecsek gritó en medio del silencio:

—¿Puedo irme?

Nadie respondió. Volvió a preguntar:

—¿No me matáis a palos? ¿Puedo irme?

Y como esta vez tampoco le contestó nadie, echó a andar con calma y lentitud rumbo al puente.

No se movió ni una mano. Todos se quedaron quietos en sus sitios. Percibían que ese muchachito rubio era un verdadero pequeño héroe, un hombre de verdad que merecía ser un adulto... Los dos guardias apostados junto al puente, que habían presenciado la escena, lo miraron de hito en hito, pero sin atreverse a tocarlo. Cuando Nemecsek pisó el puente, se oyó la voz profunda y retumbante de Feri Áts:

—¡Saludad!

Y los dos guardias se cuadraron y levantaron las lanzas con sus puntas plateadas. Y todos los muchachos dieron taconazo y alzaron las lanzas. Nadie pronunció ni una palabra cuando las puntas se iluminaron a la luz de la luna. Sólo se oían, procedentes del puente, los pasos de Nemecsek, que se alejaba. Después ni eso, sólo algo parecido a un chapoteo como cuando uno anda con los zapatos empapados en agua... Nemecsek se marchó.

Los camisas rojas se miraron turbados. Feri Áts estaba en el centro del claro, con la cabeza baja. Entonces se le puso delante Geréb, blanco como la pared.

—Sabes... a ver... —empezó.

Pero Feri Áts le dio la espalda. Geréb se volvió hacia los muchachos, que seguían inmóviles, y se plantó ante el mayor de los Pásztor.

—Sabes... a ver... —farfulló también a él.

Pero Pásztor siguió el ejemplo de su jefe. También le dio la espalda a Geréb, que perdió el norte. No sabía qué hacer. Después habló, con la voz apagada:

—Por lo visto, ya puedo irme.

Nadie reaccionó. Y él se puso en marcha por el mismo camino que acababa de tomar el pequeño Nemecsek. A él, sin embargo, nadie le presentó sus respetos. Los guardias se apoyaron en la baranda del puente y miraron al agua. Y los pasos de Geréb también resonaron en el silencio del Jardín Botánico.

Cuando los camisas rojas se quedaron solos, Feri Áts se acercó al mayor de los Pásztor. Se plantó muy cerca de él, de manera que casi se tocaron las caras. Le preguntó en voz baja:

—¿Tú le quitaste las canicas a ese muchacho en los jardines del Museo?

Pásztor respondió con un susurro:

—Yo.

—¿Tu hermano estaba contigo?

—Sí.

—¿Era *einstand*?

—Sí.

—¿No he prohibido yo que los camisas rojas roben canicas a los niños débiles?

Los Pásztor callaban. Feri Áts no toleraba que se le llevara la contraria. El jefe les lanzó una mirada severa y dijo con una voz tranquila que, sin embargo, no admitía contradicción:

—¡Bañaos!

Los Pásztor lo miraron sin comprender nada.

—¿No me habéis entendido? Tal como estáis, con ropa y todo. ¡Ahora os toca bañaros a vosotros!

Y al ver que algún que otro rostro esbozaba una sonrisa, dijo:

—Y el que se ría también se bañará.

A todos se les fueron entonces las ganas de reír. Áts clavó la vista en los Pásztor y les instó con tono apremiante:

—Vamos, ¡bañaos! Hasta el cuello. Un, dos, tres, ¡ya!

Se volvió hacia los demás:

—¡Daos la vuelta! ¡No los miréis!

Los camisas rojas se volvieron y dieron la espalda al lago. Es más, ni siquiera Feri Áts quiso ver cómo ejecutaban los Pásztor su propia condena. Con lentitud y pesadumbre, obedientemente, se metieron en el agua hasta el cuello. Los muchachos no los veían, pero sí oían el chapaleteo. Feri Áts miró hacia el lago y comprobó que, efectivamente, los dos muchachos estaban ahí dentro hasta el cuello. Entonces dio la orden:

—¡Bajad las armas! ¡Ar!

Y se llevó a su tropa de la isla. Los guardias apagaron el farol y se unieron al grupo, que cruzó el puente a paso militar y se perdió en la espesura del Jardín Botánico...

Los dos Pásztor salieron del agua. Se miraron, después metieron las manos en los bolsillos como solían hacer, y también se pusieron en marcha. No dijeron ni pío. Se sentían muy avergonzados.

Y la isla quedó solita en el silencio de una noche de primavera iluminada por la luna...

Capítulo 6

Cuando al día siguiente, hacia las dos y media de la tarde, los muchachos entraron uno tras otro por la portezuela del terreno, encontraron en el lado interior de la valla una gran hoja de papel clavada en la madera con cuatro enormes clavos en cada una de sus puntas.

La gran hoja era una proclama redactada por Boka, que había sacrificado para ello la noche. Estaba escrita con tinta china y grandes letras de imprenta; sólo las iniciales de las frases eran en color rojo sangre. El texto de la proclama rezaba así:

¡¡¡PROCLAMA!!!

¡AHORA TODOS TIENEN QUE ESTAR EN PIE!
NUESTRO REINO ESTÁ AMENAZADO
POR UN GRAVE PELIGRO
Y, SI NO SOMOS VALIENTES,
¡NOS QUITARÁN TODO NUESTRO TERRITORIO!
¡EL TERRENO ESTÁ EN PELIGRO!
¡LOS CAMISAS ROJAS QUIEREN ATACARNOS!

¡AQUÍ ESTAREMOS, Y SI HACE FALTA, DEFENDEREMOS NUESTRO REINO CON NUESTRAS VIDAS! ¡QUE TODO EL MUNDO CUMPLA CON SU DEBER!

EL PRESIDENTE

Ese día, nadie tenía ganas de jugar a *méta*. La pelota descansaba silenciosa en el bolsillo de Richter, su encargado. Los muchachos iban y venían hablando sobre la inminente guerra, volvían luego a la proclama puesta en la valla y leían veinte y hasta treinta veces aquellas palabras de ánimo. Muchos se la sabían ya de memoria y desde lo alto de alguna pila de leña la declamaban con voz guerrera a los demás, que estaban abajo, que también se la sabían de memoria pero escuchaban boquiabiertos, y después de escucharla regresaban a la valla, volvían a leerla, se subían también ellos a una pila y desde allí la recitaban.

Todo el grupo estaba obsesionado con la proclama, la primera en su género. El problema debía de ser muy, muy serio, y el peligro, muy, muy grave para que Boka se decidiera a publicarla y estampar incluso su suprema firma.

Los muchachos conocían ya algunos detalles. Aquí y allá se oía el nombre de Geréb, pero nadie sabía nada seguro. Por diversos motivos, el presidente prefería mantener en secreto el asunto de Geréb. Entre otras cosas porque contaba con pillarlo allí, en el terreno, y con llevarlo ante el tribunal allí, en el terreno. Eso sí, en ningún momento se le ocurrió que el pequeño Nemecsek se iría por su cuenta y riesgo al Jardín Botánico y montaría un escándalo de padre y señor mío en las mismas narices del cuartel general del ejército enemigo... El presidente sólo se enteró esa mañana en el colegio, después de la clase de latín, cuando Nemecsek lo llamó aparte y se lo contó todo en el sótano, donde el bedel vendía el pan con mantequilla. En el terreno, sin embargo, todavía reinaba una incertidumbre absoluta a las dos y media, y todo el mundo esperaba al presidente. Al nerviosismo general se sumaba, además, un nerviosismo particular. Había estallado un escándalo en el seno del club de la masilla. La masilla se había secado. Agrietada, ya no servía, lo que significaba que ya no se la podía apretar y moldear. Se trataba, desde luego, de un error del presidente; después de todo lo ocurrido, tal vez ni siquiera haga falta explicar que una de las obligaciones del presidente del club consistía en masticar la masilla. Kolnay, el nuevo presidente, incumplió este deber de la manera más repugnante. Y será fácil adivinar quién le reprochó primero su actitud. Fue Barabás quien lo denunció. Fue del uno al otro y protestó airadamente contra la dejadez del nuevo presidente. Sus gestiones tuvieron éxito, pues al cabo de cinco minutos logró convencer a una parte de los miembros de la necesidad de convocar una asamblea extraordinaria. Kolnay intuyó de qué se trataba.

—Vale —dijo—, pero el asunto del terreno es ahora prioritario. Convocaré la asamblea extraordinaria para mañana.

Barabás, sin embargo, se quejó ruidosamente:

—¡Eso no lo toleramos! Me parece que al señor presidente le ha entrado el miedo.

—¿De ti?

—No de mí, sino de la asamblea. Exigimos que la convoque para hoy.

Kolnay se disponía a contestarle cuando desde la puerta se oyó la contraseña de los muchachos de la calle Pál:

—¡*Holahaló*! ¡*Holahaló*!

Todos miraron hacia allá. Entró Boka por la portezuela. A su lado venía Nemecsek con un pañuelo de lana grande y rojo alrededor del cuello. La llegada del presidente interrumpió la discusión. Kolnay cedió de repente:

—Vale, celebraremos la asamblea hoy. Pero primero escuchemos a Boka.

—Eso lo acepto —respondió Barabás, pero entonces los miembros del club de la masilla se agrupaban ya con los demás alrededor de Boka y lo asediaban con miles de preguntas.

Ellos también se sumaron al grupo. Boka impuso silencio con un gesto. Después, al comprobar que todos estaban sumamente atentos, dijo:

—¡Muchachos! Ya habéis leído en la proclama que un terrible peligro nos amenaza. Nuestros espías han estado en el cuartel general enemigo y se han enterado de que los camisas rojas planean atacarnos mañana.

Se produjo un intenso rumor. Nadie esperaba que la guerra estallara ya al día siguiente.

—Pues sí, mañana —continuó Boka—, de manera que hoy mismo declaro el estado de sitio. Todos están obligados a obedecer a sus superiores, y todos los oficiales me deben obediencia a mí. No creáis, sin embargo, que será un juego de niños. Los camisas rojas son fuertes y, además, muchos. Los combates serán virulentos. Sin embargo, no queremos forzar a nadie. Por eso digo que levante la mano quien no quiera participar en la lucha.

Se hizo un profundo silencio. Nadie levantó la mano. Boka repitió el llamamiento:

—Quien no quiera participar en la guerra, ¡que levante la mano! ¿Nadie levanta la mano?

Todos gritaron a la vez:

—¡Nadie!

—Entonces dadme todos la palabra de que estaréis aquí a las dos.

Uno por uno se plantaron ante Boka y juraron estar allí al día siguiente.

Después de estrechar la mano a todos, dijo en voz bien alta:

—Quien no esté aquí mañana, será un vil perjuro y no volverá a poner el pie aquí, porque lo echaremos a palos.

Leszik se salió de la fila.

—Señor presidente —dijo—, estamos todos aquí, pero falta Geréb.

Se produjo entonces un silencio sepulcral. Todos sentían curiosidad por saber qué pasaba con Geréb. Boka, sin embargo, no era de los muchachos que se apartan de un plan ya trazado. No quería entregar a Geréb en ese momento; prefería pillarlo delante de todos.

Varios preguntaron:

—¿Qué pasa con Geréb?

—Nada —respondió tranquilamente Boka—. Ya hablaremos de ello en su momento. Por ahora se trata de ganar la batalla. Antes de dar las órdenes, sin embargo, aún quiero declarar una cosa. Si hay algún enfado entre vosotros, que acabe ahora. Los que estén enfadados, que hagan las paces.

Se hizo silencio otra vez.

—¿A ver? —preguntó el presidente—. ¿No hay enfado entre vosotros?

Weisz intervino humildemente:

—Según tengo entendido...

—Venga, ¡suéltalo!

—Kolnay... y Barabás...

Boka miró a Barabás.

—¿Es verdad?

Barabás se sonrojó.

—Sí —dijo—, es que Kolnay...

Y Kolnay dijo:

—Sí... es que Barabás...

—¡Pues haced las paces en el acto —les gritó Boka—, porque de lo contrario os echo de aquí ahora mismo! ¡Sólo podréis luchar si sois todos buenos amigos!

Los dos enemistados se acercaron a Boka y se dieron la mano de mala gana. Todavía no había soltado la del otro cuando Barabás dijo:

—¡Señor presidente!

—¿Qué pasa?

—Me gustaría poner una condición...

—¿A ver?

—Que si... que si diera la casualidad de que los camisas rojas no nos atacaran, entonces... pues que entonces... pudiera volver a enfadarme con Kolnay porque...

Boka lo miró como si quisiera atravesarlo con la mirada:

—¡Tú calla!

Barabás calló. Pero estaba que bufaba, y habría pagado cualquier precio por propinar un buen codazo en el costado a Kolnay, que sonreía divertido...

—¡Y ahora, soldado —exclamó Boka—, deme usted el plan de batalla!

Nemecsek introdujo obedientemente la mano en el bolsillo y extrajo una hoja de papel. Era el plan de batalla que Boka había trazado después del almuerzo.

El plan era el siguiente:

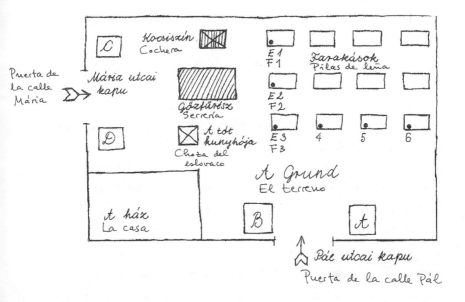

Lo puso sobre una piedra, y los muchachos se acurrucaron a su alrededor. Cada uno estaba ansioso por saber adónde sería enviado, qué papel le tocaba. Boka empezó a explicar el plan:

—¡Prestad mucha atención! ¡Mirad siempre el dibujo! Es el mapa de nuestro reino. El enemigo, según han informado nuestros espías, atacará desde dos lados a la vez: desde la calle Pál y desde la calle Mária. Vamos por partes. Estos dos cuadrados que llevan escritas las letras A y B significan los dos batallones destacados para defender la puerta. El batallón A, integrado por tres hombres, estará al mando de Weisz. El batallón B también consistirá en tres hombres, con Leszik a la cabeza. La puerta de la calle Mária también estará defendida por dos batallones. El jefe del C será Richter; el del D, Kolnay.

Intervino una voz:

—¿Por qué no yo?

—¿Quién ha sido? —preguntó Boka con tono severo.

Barabás levantó la mano.

—¿Tú otra vez? Si vuelves a abrir la boca, ¡te mando ante un tribunal de guerra! ¡Siéntate!

Barabás farfulló algo y se sentó. Boka continuó la explicación:

—Los puntos negros señalados con la letra F y con un número son las fortalezas. Les pondremos arena, de manera que bastarán dos hombres por fortaleza. Es fácil luchar con arena. Además, las fortalezas están tan cerca la una de la otra que, si se ataca una, la otra también podrá bombardear a los atacantes. Las fortalezas uno, dos y tres defienden el terreno desde el lado de la calle Mária; las fortalezas cuatro, cinco y seis apoyarán con bombas de arena a los batallones A y B. Más adelante ya os avisaré qué fortaleza le toca a cada uno de vosotros. Los jefes de los batallones elegirán ellos mismos a los dos hombres que los acompañarán. ¿Entendido?

—Sí —sonó la respuesta al unísono.

Los muchachos rodeaban boquiabiertos y con los ojos desorbitados ese magnífico mapa del plan de batalla; es más, algunos sacaron sus blocs de notas y apuntaron diligentemente las palabras de su presidente y general.

—Pues bien —prosiguió Boka—, esta sería la colocación de las tropas. Ahora viene la orden. ¡Prestad todos atención! Cuando el vigía apostado en lo alto de la valla avise de que se acercan los camisas rojas, los batallones A y B abrirán la puerta.

—¿La abriremos?

—Pues sí, la abrirán. Nosotros no nos encerramos, porque aceptamos la lucha. Que entren primero, luego los echaremos.

Por tanto, abrirán la puerta y dejarán entrar la tropa. Cuando haya entrado su último hombre, los atacarán. Al mismo tiempo, las fortalezas cuatro, cinco y seis comenzarán el bombardeo. Es la misión de uno de los regimientos. El regimiento de la calle Pál. Si podéis, los echáis; si no se puede, al menos impedís que crucen la línea marcada por las fortalezas tres, cuatro, cinco y seis y se queden en el terreno. El segundo regimiento, el de la calle Mária, recibirá un encargo más duro. Prestad mucha atención, Richter y Kolnay. Los batallones C y D enviarán a un vigía a la calle Mária. Cuando el otro grupo de los camisas rojas aparezca por la calle Mária, los batallones se pondrán en orden de batalla. Cuando los camisas rojas entren por la puerta, los dos batallones fingirán huir. Mirad... mirad el mapa... ¿lo veis? El batallón C... el tuyo, Richter... entrará corriendo en la cochera...

Lo señaló con el dedo.

—Aquí, mira. ¿Entiendes?

—Entiendo.

—Y el batallón D, el de Kolnay, entrará corriendo en la choza de Janó. Y ahora, ojo, ¡que viene lo más importante! ¡Mirad bien el mapa! Los camisas rojas rodearán la serrería por la derecha y por la izquierda y se encontrarán detrás con las fortalezas uno, dos y tres. Estas empezarán enseguida con su bombardeo. En ese preciso momento, los dos batallones saldrán a toda velocidad, el uno de la cochera, el otro de la choza del eslovaco, y atacarán al enemigo por la espalda. Si combatís con valentía, el enemigo se verá entre la espada y la pared, obligado a rendirse. Si no se entrega, lo meteréis por la fuerza en la choza y le cerraréis la puerta. Una vez acabado esto, el batallón C, desde el costado de la choza, y el batallón D, rodeando las pilas de leña, aparecerán junto a la fortaleza seis y acudirán en ayuda de los batallones A y B. Las guarniciones de las fortalezas uno y dos pasarán entonces a las fortalezas cuatro y cinco e intensificarán el bombardeo. Entonces los batallones A, B, C y D atacarán formando una línea y empujarán al enemigo hacia la puerta de la calle Pál, mientras todas las fortalezas bombardearán por encima de nuestras cabezas al contrario, el cual no será capaz de oponerse a nuestras fuerzas unidas. ¡Y los echaremos por la puerta de la calle Pál! ¿Entendido?

A esta pregunta todos reaccionaron con enorme entusiasmo. Agitaron los pañuelos y lanzaron los sombreros al aire. Nemecsek se quitó del cuello el pañuelo de lana grande y rojo y gritó en medio de los vivas con voz gangosa por el resfriado:

—*¡Biba el pdesidente!*

—¡Viva! —respondieron todos.

Pero Boka volvió a dar una señal:

—¡Silencio! Otra cosa. Yo me encontraré en las proximidades de los batallones C y D con mi edecán. Tendréis que aceptar lo que yo diga a través de él como si fuesen órdenes mías directas.

Una voz preguntó:

—¿Quién es el edecán?

—Nemecsek.

Algunos se miraron. Los miembros del club de la masilla se dieron unos ligeros empujones, dando a entender que era preciso protestar. Se oyeron voces:

—Vamos, dile.

—¡Díselo tú!

—¿Por qué yo? ¡Tú!

Boka los miró asombrado:

—¿Alguna objeción?

Leszik fue el único que se atrevió a hablar:

—Sí.

—A ver, ¿qué?

—El club de la masilla, en una asamblea, el otro día... cuando...

Boka perdió la paciencia. Gritó a Leszik:

—¡Basta! ¡Calla! ¡No me interesan vuestras estupideces! Nemecsek será mi edecán, y punto. Quien se oponga, será llevado ante el tribunal militar.

Era un tanto rigurosa esta aseveración, pero todo el mundo comprendió que en época de guerra sólo así se podía conseguir el éxito. Por tanto, se conformaron con que Nemecsek fuese el edecán. Los líderes del club de la masilla intercambiaron algunos susurros. Dijeron que se trataba de una ofensa al club. Les avergonzaba que en la guerra se atribuyera un papel tan importante a alguien al que la asamblea había declarado traidor y cuyo nombre había sido registrado con letras minúsculas en el libro negro de la asociación. Si hubieran sabido...

En ese momento, Boka extrajo una lista de su bolsillo. Leyó en voz alta a qué fortaleza estaba destinado cada cual. Los jefes de los batallones eligieron cada uno a dos hombres. Todo esto transcurrió de manera sumamente seria, y los muchachos estaban tan nerviosos que nadie abrió la boca. Una vez concluido el proceso, Boka dio la orden:

—Cada uno a su sitio. Haremos maniobras.

De pronto todos se dispersaron y ocuparon sus puestos.

—¡Que todo el mundo espere a recibir nuevas órdenes! —les gritó Boka.

Se quedó solo en el centro del terreno junto con su edecán Nemecsek. Este, pobrecito, no paraba de toser con fuerza.

—Ernő —le dijo con voz suave Boka—, vuelve a ponerte el pañuelo. Te has resfriado muchísimo.

Nemecsek miró a su amigo con gratitud y obedeció como si fuese a su hermano mayor. Volvió a ponerse el pañuelo de lana grande y rojo alrededor del cuello, de tal manera que solamente se le veían las orejas.

Acto seguido, Boka dijo:

—Ahora transmitiré a través de ti una orden a la fortaleza número dos. Escúchame bien...

En ese instante, sin embargo, Nemecsek obró como nunca había hecho hasta entonces. Interrumpió a su superior...

—Perdóname —dijo—, pero primero querría decirte algo.

Boka frunció el ceño.

—¿Qué pasa?

—Es que antes los miembros del club de la masilla...

—¡Vamos, por favor! —gritó con impaciencia el presidente—. ¿Tú también te tomas en serio las estupideces?

—Sí —respondió Nemecsek—, porque ellos también se las toman en serio. Y yo me doy cuenta de que son unos tontos y no me importa lo que piensen sobre mí, pero no querría que... tú... que tú también... me despreciaras.

—¿Y por qué te voy a despreciar?

Entre los flecos del pañuelo grande y rojo se oyó una voz gimoteadora:

—Porque ellos... ellos me han declarado... un traidor...

—¿Traidor? ¿Tú?

—Sí. Yo.

—Vaya, realmente me ha entrado la curiosidad.

Con voz entrecortada y empañada, Nemecsek explicó lo sucedido el otro día. Que había tenido que marcharse a toda prisa precisamente cuando los miembros del club de la masilla juraban mantener en secreto sus decisiones. Que ellos enseguida se aferraron a esa casualidad y afirmaron que corría porque no se atrevía a entrar en una asociación secreta. Y que era un traidor y un infame.

Y añadió que todo esto sucedía, en el fondo, porque los subtenientes, tenientes y capitanes empezaban a molestarse por el hecho de que el presidente no confraternizara con ellos y, en cambio, iniciara al simple soldado raso en los secretos de Estado. Y, por último, que habían registrado su nombre en el libro negro, con letras minúsculas.

Boka escuchó pacientemente la historia. Después siguió sin decir nada. Le dolía que entre los muchachos algunos fueran así. Boka era un muchacho inteligente, pero no sabía aún que existen otros hombres muy distintos de nosotros y que esto siempre se aprende a costa de una experiencia dolorosa. Luego miró con afecto al rubiecito.

—Está bien, Ernő —dijo—, tú cumple con tu deber y no te preocupes por ellos. Ahora, antes de la guerra, no quiero decir nada al respecto. Pero una vez que la hayamos terminado, pondré orden entre los muchachos. Así que ahora cabalga rápido a las fortalezas uno y dos y transmíteles la orden de que se trasladen enseguida a las fortalezas cuatro y cinco. Quiero comprobar cuánto tiempo necesitan para el traslado.

El soldado raso se cuadró, saludó con gesto rígido y, si bien pensó en ese instante que era triste que la cuestión de su honor se aplazara por culpa de la guerra, calló su amargura y respondió con tono militar:

—¡Sí, mi presidente!

Enseguida se puso en marcha. La tierra se levantó a su paso, y el edecán no tardó en desaparecer entre las pilas de leña en cuyas cimas, las fortalezas, se vislumbraban las cabecitas y los cabellos desgreñados de unos niños que miraban con los ojos abiertos de par en par. En sus rostros se percibía la excitación que se adueña de los soldados antes del combate, tal como sabemos por las descripciones de los valientes corresponsales de guerra, profundos conocedores del ser humano.

Boka se quedó solo en el centro mismo del terreno. El ruido de los coches que pasaban a toda velocidad llegaba hasta ese solar grande, pelado y cercado, pero Boka albergaba aun así la sensación de no hallarse en medio de una gran ciudad, sino a una distancia enorme, en tierra extranjera, en un campo inmenso en el que una batalla decidiría al día siguiente el destino de unas naciones. Los muchachos no soltaron ni un solo grito; todo el mundo aguardaba tranquilamente en su sitio, a la espera de la orden. Boka percibía que en ese momento todo dependía de él. De él dependían el bienestar y el futuro de ese pequeño grupo. De él dependían las alegres tardes, los partidos de pelota, los diversos juegos y entretenimientos a los que se dedicaban sus compañeros. Y Boka se sentía siempre orgulloso de haber asumido esa bella tarea.

«Pues sí», dijo para sus adentros, «yo os defenderé.»

Miró alrededor en el querido terreno. Después echó un vistazo a las pilas de leña, tras las cuales se alzaba, curiosa, la esbelta chimenea metálica de la serrería, que escupía las níveas nubecitas de vapor, alegre y despreocupada, como si ese día fuese igual que los demás, como si no estuviera todo en juego, absolutamente todo...

Sí, Boka se sentía como un gran general antes de la batalla decisiva. Pensó en el gran Napoleón... Y se aventuró a pensar en el futuro. ¿Cómo sería? ¿Qué ocurriría? ¿Qué sería de él? ¿Acabaría siendo un militar, un militar de verdad? ¿Dirigiría alguna vez un ejército uniformado en algún lugar remoto, en un verdadero campo de batalla? ¿No por un trocito de tierra como ese terreno sino por la tierra grande y querida que se llamaba patria? ¿O sería un médico que libra a diario una batalla seria y valiente contra las enfermedades?

El crepúsculo primaveral se posó sobre la ciudad en silencio mientras Boka pensaba. Suspiró profundamente y se marchó rumbo a las pilas de leña para inspeccionar la guarnición de las fortalezas.

Desde lo alto de las pilas, los muchachos vieron acercarse a su comandante en jefe. Se produjeron movimientos en las fortalezas. Pusieron las bombas de arena en fila, y todos se cuadraron.

Sin embargo, el general se detuvo de pronto a medio camino y miró atrás. Dio la impresión de estar escuchando algo. Después se dio la vuelta y se dirigió a paso ligero a la portezuela en la valla.

Llamaron a la puerta. Boka descorrió el pestillo y abrió la portezuela. Asombrado, retrocedió tambaleándose. Tenía delante a Geréb.

—¿Eres tú? —preguntó este turbado.

Boka por de pronto no supo qué responder. Geréb entró lentamente y cerró la puerta. Boka seguía sin saber lo que quería. Sin embargo, Geréb no se mostraba tan alegre y tranquilo como de costumbre, sino pálido y triste. Se arreglaba el cuello nerviosamente y se le notaba que deseaba decir algo, pero no sabía cómo empezar. Boka permanecía callado, él permanecía callado, de manera que se quedaron un rato mudos el uno frente al otro, sin saber qué hacer. Al final fue Geréb quien se pronunció:

—He venido a... a hablar contigo.

Esto devolvió la voz a Boka. Respondió con tono serio y sencillo:

—Yo no tengo nada que hablar contigo. Lo mejor será que salgas por esta puerta igual que has entrado.

El muchacho, sin embargo, no aceptó el consejo.

—Mira, Boka —dijo—, yo ya sé que te has enterado de todo. Sé que sabéis que me puse del lado de los camisas rojas. Ahora no he venido como espía sino como amigo.

Boka le contestó sin alzar la voz:

—Tú no puedes venir como amigo.

Geréb agachó la cabeza. Estaba preparado para recibir insultos, para ser puesto de patitas en la calle, pero no esperaba que lo trataran con esa suave tristeza. Le dolió mucho. Más que si le hubiesen pegado. Y él también empezó a hablar en voz baja y tono triste.

—He venido a reparar mi error.

—Imposible —respondió Boka.

—Pero estoy arrepentido... muy arrepentido... y he traído de vuelta vuestra bandera, la que Feri Áts se llevó de aquí, la que el pequeño Nemecsek recuperó... y la que los Pásztor luego arrebataron al pequeño Nemecsek...

Dicho esto, extrajo de debajo de su abrigo la banderita rojiverde. A Boka se le iluminaron los ojos. La banderita estaba arrugada, estaba rasgada, se le notaban las luchas que se habían librado por ella. Pero precisamente eso era lo bonito de la bandera: hecha jirones como una bandera de verdad, desgarrada en el fragor de los combates.

—La bandera —dijo Boka— ya la recuperaremos nosotros de los camisas rojas. Y si no lo conseguimos, igual ya no servirá de nada... Entonces nos iremos de aquí, nos dispersaremos... no estaremos ya juntos... Así, sin embargo, no queremos la bandera. Ni te queremos a ti.

Se dispuso a marcharse. A dejar plantado a Geréb. Pero este lo agarró por el borde del abrigo.

—János —dijo con voz empañada—, soy consciente de haber faltado gravemente a vosotros. Y quiero reparar mi error. ¡Perdonadme!

—Oh —contestó Boka—, yo ya te he perdonado.

—¿Y me admitís de nuevo?

—Eso sí que no.

—¿De ningún modo?

—De ningún modo.

Geréb sacó el pañuelo y se lo llevó a los ojos. Boka le dijo con tono triste:

—No llores, Geréb, no quiero que llores aquí delante de mí. Vuelve a tu casa y déjanos en paz. Ahora, claro, has venido porque has perdido la honra también ante los camisas rojas.

Geréb guardó el pañuelo en el bolsillo y trató de aparentar virilidad.

—Pues vale —dijo—, me voy. No volveréis a verme. Pero te doy mi palabra de que no he venido aquí porque los camisas rojas se hayan enfadado conmigo. El motivo es otro.

—¿A ver?

—No lo diré. A lo mejor te enterarás. Pero ay de mí si te enteras...

El presidente lo miró asombrado.

—No entiendo lo que quieres decir.

—No te lo explicaré ahora —farfulló Geréb, dirigiéndose hacia la portezuela. Se detuvo y se dio la vuelta otra vez—: ¿Es inútil que te pida otra vez que volváis a admitirme?

—Inútil.

—Pues entonces... no lo pediré.

Salió corriendo y cerró la puerta de un portazo. Boka se quedó dudando un instante. Por primera vez en su vida se mostraba implacable con alguien. Y ya se disponía a seguirlo, a gritarle:

«¡Regresa, pero pórtate bien!» Pero entonces recordó la escena. La carcajada de Geréb mientras se alejaba corriendo por la calle Pál. Cómo se rio de ellos. Cómo se quedaron él y Nemecsek en el borde de la acera, tristes, con la cabeza gacha, con esa risa burlona y maliciosa en los oídos, mientras Geréb se alejaba.

«No», dijo para sus adentros Boka, «no lo llamaré. Es un malvado.»

Se dio la vuelta para dirigirse a las pilas de leña, pero se detuvo sorprendido. Arriba estaban los muchachos reunidos en pleno, observando la escena. Allí se encontraban incluso aquellos que no estaban destinados a las fortalezas. El pequeño ejército se había formado en lo alto de esas pilas regulares; nadie decía nada, todos esperaban conteniendo la respiración cómo se desarrollaría la conversación entre Boka y Geréb. Y cuando este se hubo marchado y Boka se enfiló hacia las pilas de leña, el nerviosismo contenido estalló y el ejército de repente empezó a gritar vivas, todos a la vez, como un solo hombre.

—¡Viva! —se oyeron las diáfanas voces infantiles procedentes de las pilas, y volaron las gorras hacia arriba.

—¡Viva el presidente!

En eso, un tremendo chiflido rasgó el aire, un chiflido tan fuerte que ni siquiera la locomotora de vapor es quizá capaz de producirlo, por mucho que lo intente. Era un chiflido estridente, triunfal. Obra de Csónakos, claro está. Miró alrededor feliz y contento y dijo con una sonrisa:

—¡Nunca en mi vida he silbado tan a gusto!

Boka se detuvo en el centro del terreno y saludó emocionado y dichoso al ejército. Volvió a pensar en el gran Napoleón. Así lo quería su vieja guardia...

Todos presenciaron la escena y todos entendieron lo que había pasado con Geréb. No llegaron a escuchar la conversación de los dos muchachos junto a la puerta, pero observaron los gestos, y estos lo decían todo. Vieron el gesto de rechazo de Boka. Vieron que no dio la mano al otro. Vieron que Geréb se echó a llorar y que se marchó. Todos se asustaron un poquito cuando se dio la vuelta en la puerta y dirigió unas palabras a Boka.

Leszik susurró:

—Ay... ¡ahora lo perdonará!

Pero al comprobar que Geréb se iba a pesar de todo y que Boka sacudía la cabeza en señal de negativa, el júbilo se adueñó de ellos. Y se oyeron los vivas cuando el presidente se volvió hacia el grupo. Les gustó que su presidente no fuese un niño, sino un hombre hecho y derecho. Habrían querido abrazarlo y besarlo. Pero eran tiempos de guerra, no quedaba más opción que gritar. Y eso hicieron, a voz en cuello, a pleno pulmón.

—¡Eres un tío duro, muchachito! —dijo Csónakos con orgullo, pero se asustó y se corrigió de inmediato—: Muchachito no... sino señor presidente.

Dicho esto, comenzaron las maniobras. Se oyeron estridentes voces de mando, las tropas se desplazaban a toda velocidad entre las pilas de leña, las fortalezas eran asaltadas, y las bombas de arena volaban en una y otra dirección. Todo funcionó a las mil maravillas. Cada uno se había aprendido perfectamente el papel que le correspondía. Y eso hizo crecer mucho el entusiasmo.

—¡Venceremos! —se oía por doquier.

—¡Los echaremos!

—¡Ataremos a los prisioneros!

—¡Atraparemos al mismísimo Feri Áts!

Sólo Boka se mantuvo serio.

—No se os suba la felicidad a la cabeza —dijo—. Ojalá estéis de buen humor después de la guerra. Ahora, quien quiera, ya puede volver a casa. Y repito: el que mañana no esté aquí a la hora, es un perjuro.

De este modo concluyeron las maniobras. Sin embargo, nadie tenía ganas de volver a casa. Se formaron grupos, que comentaron el asunto de Geréb.

Barabás gritó con voz estridente:

—¡Club de la masilla! ¡Club de la masilla!

—¿Qué pasa? —preguntaron los muchachos.

—¡Asamblea!

Kolnay recordó la asamblea que había prometido celebrar y en la cual había de defenderse ante la acusación de haber dejado secarse la masilla del club. Aceptó la situación con tristeza.

—Pues bien —dijo—, asamblea. Pido a los distinguidos miembros que se aparten.

Y los distinguidos miembros, con el malicioso Barabás a la cabeza, salieron de entre las pilas de leña y se pusieron junto a la valla, dispuestos a celebrar la asamblea.

—¡A ver qué dice! —gritó Barabás. Kolnay, en cambio, comenzó con tono solemne:

—Doy comienzo a la asamblea. El señor Barabás ha pedido la palabra.

—Ejem... ejem... —se aclaró la garganta Barabás—. ¡Distinguida asamblea! El señor presidente ha tenido suerte porque debido a las maniobras a punto ha estado de aplazarse la asamblea que lo destituirá.

—¡Vamos! ¡Qué dices! —exclamó la parte opuesta.

—Protestáis en vano —gritó el orador—, porque sé de qué estoy hablando. El señor presidente ha podido retrasar un poquito el asunto gracias a las maniobras, pero ya no puede retrasarlo más. Porque ahora...

De repente se interrumpió. Se oyó un fuerte ruido en la portezuela de la valla; en esos momentos, cualquier ruido asustaba a los muchachos. No se podía saber si era el enemigo que venía.

—¿Quién ha sido? —preguntó el orador. Todos aguzaron el oído.

Volvieron a oírse unos golpes fuertes e impacientes.

—Están llamando a la puerta —dijo con voz temblorosa Kolnay, y miró por una grieta entre los tablones de la valla. Después se volvió hacia los muchachos con cara de asombro—: Es un señor.

—¿Un señor?

—Sí. Un señor con barba.

—¡Pues ábrele!

Abrió la puerta. Efectivamente, entró un señor bien vestido, con un abrigo grande de cuello negro. Tenía una barba cerrada también negra y llevaba gafas. Se detuvo en el umbral y preguntó en voz bien alta:

—¿Sois los muchachos de la calle Pál?

—¡Sí! —respondió al unísono el club de la masilla.

Entonces, el hombre del abrigo entró y los miró ya con más dulzura.

—Soy el padre de Geréb —dijo, al tiempo que cerraba la portezuela.

Se hizo silencio. La llegada del padre de Geréb era ya cosa seria. Leszik dio a Richter un empujón en el costado:

—¡Corre, llama a Boka!

Richter se marchó corriendo hacia la serrería, donde Boka explicaba a los muchachos lo que había hecho Geréb. El caballero de la barba se volvió hacia los miembros del club de la masilla:

—¿Por qué habéis expulsado a mi hijo?

Kolnay dio un paso adelante.

—Porque nos traicionó y reveló nuestros secretos a los camisas rojas.

—¿Quiénes son los camisas rojas?

—Otro grupo de muchachos que se reúne en el Jardín Botánico... Pero ahora quieren quitarnos este lugar porque ellos no tienen donde jugar a la pelota. Son nuestros enemigos.

El señor de la barba frunció el ceño.

—Mi hijo acaba de regresar a casa llorando. He pasado un largo rato preguntándole qué le pasaba, pero no quiso contestarme. Al final, cuando se lo ordené, me confesó solamente que lo acusaban de traición. Entonces le dije: «Ahora mismo cojo mi sombrero y voy a ver a esos muchachos. Hablaré con ellos y les preguntaré qué hay de cierto en todo ello. Si no es verdad, les exigiré que te pidan perdón. Pero si es verdad, será un problema muy grave, porque tu padre ha sido toda la vida un hombre honesto y no tolerará que su hijo traicione a sus compañeros.» Esto le dije. Y ahora estoy aquí y os invito a decirme sinceramente, en conciencia, si mi hijo os traicionó o no. ¿A ver?

Se hizo un profundo silencio.

—¿A ver? —repitió el padre de Geréb—. No me tengáis miedo. Decidme la verdad. He de saber si habéis tratado injustamente a mi hijo o si merece un castigo.

Nadie contestó. Nadie quería amargar a ese caballero de aspecto bondadoso, tan pendiente del carácter de su hijito, estudiante de instituto. Se volvió hacia Kolnay.

—Has dicho que os traicionó. Tendrás que probarlo. ¿Cuándo os traicionó? ¿Cómo os traicionó?

Kolnay farfulló:

—Yo... yo... sólo lo sé de oídas...

—Eso no significa nada. ¿Quién lo sabe a ciencia cierta? ¿Quién lo vio? ¿Quién lo sabe?

En ese instante aparecieron bajo las fortalezas Boka y Nemecsek. Los traía Richter. Kolnay respiró aliviado.

—Mire —dijo—, allí viene... ese rubiecito... es Nemecsek... él lo vio. Él lo sabe.

Esperaron a que los tres muchachos se les acercaran. Sin embargo, Nemecsek se dirigía ya a la puerta. Kolnay le gritó:

—¡Boka! ¡Venid!

—Ahora no podemos —respondió Boka—, esperad un poquito. Nemecsek se siente muy mal, le ha dado un ataque de tos... Tengo que acompañarlo a casa...

El señor del abrigo, al oír el nombre de Nemecsek, le gritó:

—¿Tú eres ese tal Nemecsek?

—Sí —respondió en voz muy baja el rubiecito y se aproximó al hombre de barba negra. Este le dijo con tono severo:

—Soy el padre de Geréb, y he venido a enterarme de si mi hijo es un traidor o no. Tus compañeros aseguran que tú lo viste, que tú sabes. Contéstame entonces a conciencia: ¿es verdad o no?

A Nemecsek le ardía la cara por la fiebre. Estaba ya seriamente enfermo. Le latían las sienes, le quemaban las manos. Y el mundo a su alrededor era muy peculiar... Ese caballero con barba y gafas le hablaba en tono severo, como cuando el profesor Rácz se dirigía a los malos alumnos... Y ese montón de muchachos con los ojos abiertos de par en par... Y la guerra... Y todo ese nerviosismo, todo... Y esa rigurosa pregunta, tras la cual se vislumbraba que, si Geréb era en efecto un traidor, hoy lo pasaría mal...

—¡Responde! —le insistió el hombre de barba negra—. ¡Hablad ahora! ¡Responde! ¿Es un traidor?

Y el rubiecito respondió con valentía, con el rostro enrojecido por la fiebre, con los ojos iluminados por la fiebre, en voz baja, como si él fuese el culpable que confesaba su delito:

—No, señor. No es un traidor.

El padre se volvió con orgullo hacia los demás:

—O sea, que ¿habéis mentido?

El club de la masilla estaba perplejo. No se oía volar una mosca.

—¡Vaya! —dijo con tono burlón el señor de barba negra—. O sea, que habéis mentido. Ya sabía yo que mi hijo es un muchacho honrado.

Nemecsek apenas se sostenía sobre sus pies. Preguntó humildemente:

—¿Puedo irme?

El señor barbudo le respondió riendo:

—Puedes, pequeño sabelotodo.

Y tambaleando salió Nemecsek a la calle, acompañado por Boka. Ante sus ojos ya se fundía todo. No veía nada. Bailaban ante él sin orden ni concierto el hombre de la barba negra, la calle, las pilas de leña, al tiempo que extrañas palabras le zumbaban en los oídos. «¡Muchachos, a las fortalezas!», gritaba una voz. Y otra preguntaba: «¿Es mi hijo un traidor?» Y el hombre de barba negra reía con tono burlón, al tiempo que su boca crecía y crecía hasta alcanzar las dimensiones de la puerta de entrada del colegio... y por esa puerta salía el profesor Rácz...

Nemecsek se quitó el sombrero.

—¿A quién saludas? —le preguntó Boka—. Aquí en la calle no hay ni un alma.

—Saludo al profesor Rácz —contestó en voz baja el pequeño rubio.

Y Boka se echó a llorar. Llevaba a toda prisa a su amiguito a casa; lo arrastraba.

Dentro, en el terreno, Kolnay dio un paso adelante y dijo al hombre de la barba negra:

—Señor, ese Nemecsek es un mentiroso. Lo hemos declarado traidor y lo hemos expulsado del club.

El padre, feliz y contento, asintió:

—Se le nota. Es un tipo taimado. Tiene mala conciencia.

Y se fue a su casa satisfecho, dispuesto a perdonar a su hijo. En la esquina de la avenida Üllői vio a Boka cruzar la calzada delante de la clínica, tambaleándose y sujetando a Nemecsek. En ese momento, Nemecsek lloraba con una tristeza enorme, con enorme amargura, con todo el profundo dolor de su alma de soldado raso, y en medio de su llanto febril no paraba de repetir estas palabras:

—Han escrito mi nombre con letras minúsculas... Con letras minúsculas han escrito mi pobre y honrado nombrecito...

Capítulo 7

Al día siguiente por la mañana, reinaba tal nerviosismo en la clase de latín que hasta el profesor Rácz lo percibió. Los muchachos no paraban de moverse en los pupitres, se distraían, no prestaban mucha atención al que estaba respondiendo a las preguntas, y no sólo los de la calle Pál estaban en ese estado particular, sino también los demás, hasta podría decirse que el instituto en pleno. La noticia de los grandes preparativos bélicos pronto se extendió por el edificio, e incluso los estudiantes de las clases superiores, los de séptimo y octavo, como los llamaban, se interesaron sobremanera por el asunto. Los camisas rojas acudían al instituto general y técnico del barrio de Józsefváros, de manera que el colegio deseaba la victoria de los muchachos de la calle Pál. Es más, algunos vinculaban la honra del instituto con este triunfo.

—¿Qué os pasa hoy? —preguntó impaciente el profesor Rácz—. No paráis de moveros, os distraéis, ¡tenéis la mente en otro sitio!

Sin embargo, no siguió hurgando para averiguar qué les pasaba a los muchachos. Se conformó con el dato de que la clase tenía su día inquieto. Dijo con tono gruñón:

—Claro, ha llegado la primavera, las canicas, la pelota... ¡Ahora no os gusta el colegio! ¡Ya veréis, os castigaré!

Eran sólo palabras. El profesor Rácz, hombre de expresión severa, tenía un alma blanda.

—Puedes sentarte —dijo al que le contestaba, y empezó a rebuscar en su cuaderno de notas.

En ese momento siempre se producía un profundo silencio en la clase. Todo el mundo contenía la respiración, incluso aquel que estaba preparado, y clavaba la vista en los dedos del profesor, que recorrían las hojas de su pequeño cuaderno. Los muchachos sabían hasta en qué página estaba el nombre de cada cual. Cuando el profesor hojeaba las últimas páginas, los de las letras *A* y *B* respiraban aliviados. Cuando de repente volvía al comienzo, los de las iniciales *R*, *S*, y *T* se ponían de buen humor. Espigó la lista y de pronto dijo en voz baja:

—Nemecsek.

—No está —soltó con voz sonora la clase entera. Y una voz, una conocida voz de los muchachos de la calle Pál, añadió:

—Está enfermo.

—¿Qué le pasa?

—Resfriado.

El profesor Rácz recorrió la clase con la mirada y se limitó a decir:

—Porque no os cuidáis.

Los muchachos de la calle Pál se miraron los unos a los otros. Sabían perfectamente cómo y por qué Nemecsek no se había cuidado. Estaban dispersos por la clase, algunos en las filas delanteras, otros en la tercera, Csónakos, evidentemente, en la última, pero todos se miraron en ese momento. Se podía leer en sus rostros que Nemecsek se había resfriado por una bella causa. En pocas palabras: el pobre Nemecsek se había resfriado por la patria, se había bañado en tres ocasiones, una vez por casualidad, otra por una cuestión de honor, otra por necesidad. Y por nada en el mundo estaban dispuestos a revelar el gran secreto, aunque a esas alturas ya todos lo conocían, incluso el club de la masilla. Es más, en el seno de esta se inició un movimiento con el propósito de borrar el nombre de Nemecsek del libro negro, aunque todavía no se habían puesto de acuerdo en si primero se debía corregir las minúsculas y convertirlas en mayúsculas o si el nombre debía ser borrado sin más. Como Kolnay, que seguía siendo el presidente, declaró que el nombre había de ser borrado sin más, Barabás creó, lógicamente, un partido que sostenía que el nombre había de recuperar primero su honor.

En ese momento, sin embargo, era una cuestión secundaria. Toda la atención se centraba en la guerra que se libraría esa misma tarde. Después de la clase de latín, los alumnos acudieron en tropel a ver a Boka, ofreciéndose a echar una mano. Boka respondió a todos de la misma manera:

—Lo sentimos mucho, pero no podemos aceptarlo. Defenderemos solos nuestro país. Aunque los camisas rojas sean más fuertes, los venceremos por la habilidad. Acabe como acabe, nosotros queremos luchar por nuestra cuenta.

El interés era tan grande que no sólo se presentaron también alumnos de las otras clases, sino que a la una, cuando todos iban corriendo a casa a almorzar, el vendedor de *halvá*, que seguía en el portal vecino, ofreció igualmente sus servicios a Boka.

—Señorito —dijo—, si voy, los echo a todos yo solito.

Boka se sonrió.

—Tranquilo, usted confíe en nosotros.

Y él también volvió rápidamente a su casa. En la puerta del colegio, los compañeros de clase rodearon a los muchachos de la calle Pál y los proveyeron de todo tipo de consejos útiles. Algunos incluso enseñaron cómo poner una buena zancadilla. Otros se ofrecieron como espías. Los de un tercer grupo pidieron presenciar los combates como espectadores. No recibieron autorización. Según órdenes estrictas de Boka, la puerta había de cerrarse al comienzo de la batalla; los guardias solamente la abrirían cuando el enemigo acabara arrinconado.

Todo esto duró unos minutos. Los muchachos se dispersaron, pues habían de presentarse en el terreno a las dos en punto. A la una y cuarto, los alrededores del instituto estaban desiertos, el vendedor de *halvá* recogía sus pertenencias, y sólo el bedel fumaba en pipa ante la puerta, al tiempo que interrumpía a veces su silencio para dirigirse en tono burlón al comerciante:

—Oiga, su vida no será muy larga aquí en el vecindario. ¡Prohibiremos que venda aquí su basura!

El vendedor de *halvá* no respondió, sino que se limitó a encogerse de hombros. Él era un caballero, llevaba un fez de color rojo para cubrirse la cabeza y no dirigía la palabra a un simple bedel. Sobre todo en ese momento, en que sabía que el simple bedel tenía razón.

A las dos de la tarde, cuando Boka se presentó con la gorra rojiverde de los muchachos de la calle Pál en la puerta del terreno, el ejército al completo se hallaba formado en el centro del solar. Allí estaba el grupo entero, con una sola excepción: Nemecsek, que yacía en su casa, enfermo. Ocurrió, pues, que el ejército de la calle Pál se quedó sin soldado raso el día de la batalla, precisamente el día de la batalla. Los que estaban eran todos subtenientes, tenientes o capitanes. El soldado raso, esto es, la tropa propiamente dicha, se encontraba en una pequeña casa ajardinada de la calle Rákos, en su camita, enfermo.

Boka enseguida se puso manos a la obra. Gritó con voz de mando militar:

—¡Atención!

Todos se cuadraron. Boka dijo en tono estridente:

—Os comunico que renuncio a mi cargo de presidente, porque sólo sirve en tiempos de paz. Ahora nos hallamos en estado de guerra, de manera que asumo el rango de general.

Todos sintieron en ese instante una gran emoción. Era realmente un momento sublime, casi histórico; en el día de la batalla, en horas de máximo peligro, Boka asumía el rango de general. Luego añadió:

—Y ahora explicaré por última vez el plan de batalla, para que luego no haya malentendidos.

Lo expuso, y todos prestaron máxima atención, si bien se sabían de memoria las consignas.

Al acabar, el general se limitó a ordenar:

—¡Rompan filas! ¡Todos a sus sitios!

La formación se dispersó de pronto, sólo Csele, el elegante Csele, se quedó junto a Boka, pues había ocupado el cargo de edecán en sustitución de Nemecsek, enfermo. A su costado colgaba una corneta de bronce, comprada gracias al fondo común por un forinto con cuarenta céntimos, cantidad que incluía los veintiséis céntimos que constituían el capital del club de la masilla y que el comandante simplemente requisó para dedicarlos a los objetivos militares.

Era una corneta de correos pequeña y bonita, y cuando la tocaban sonaba igual que la de los soldados. Sólo servía para dar tres tipos de señales. Una significaba que venía el enemigo; la otra llamaba a atacar; y la tercera indicaba que todo el mundo había de reunirse con el general. Los muchachos habían aprendido las señales en las maniobras del día anterior.

El vigía que, obedeciendo a su misión, se había encaramado a lo alto de la valla y cuya pierna derecha colgaba sobre la calle Pál, gritó hacia dentro:

—¡Mi general!

—¿Qué ocurre?

—Comunico con todos mis respetos que una criada quiere entrar en el terreno con una carta.

—¿A quién busca?

—Dice que busca a mi general.

Boka se acercó a la valla.

—Mira bien que no sea un camisa roja disfrazado de mujer. ¡A lo mejor viene a espiar!

El vigía se inclinó sobre la calle, de manera que a punto estuvo de caer. Acto seguido informó:

—Mi general, comunico con todos mis respetos que la he mirado. Es una mujer de verdad.

—Pues si es una mujer de verdad, ¡puede entrar!

Fue a abrir la puerta. Entró la mujer de verdad y miró alrededor en el terreno. Era, en efecto, una mujer de verdad. Había acudido corriendo, sin pañuelo, en pantuflas; acababa de limpiar la cocina.

—Traigo esta carta de los señores Geréb —dijo—. El señorito me ha dicho que es muy urgente y que recibiré una respuesta...

Boka abrió la carta dirigida *Al señor presidente Boka, fuente de grandes esperanzas*. De hecho, no era una carta, sino un auténtico legajo. Había allí toda clase de papeles: de borrador, de carta, de imprenta, trozos del papel de carta de la hermana, papeles de todo tipo llenos de grandes garabatos y, eso sí, numerados hoja por hoja. Boka leyó la misiva, que decía lo siguiente:

Estimado Boka:

Sé perfectamente que no quieres relacionarte conmigo ni siquiera por carta, pero haré un último intento antes de cortar definitivamente con vosotros. Ahora no sólo comprendo que os he fallado, sino también que no merecíais esto de mí, puesto que os habéis comportado tan maravillosamente frente a mi padre, sobre todo Nemecsek, quien negó que yo os hubiera traicionado. Mi padre estaba tan orgulloso de que no se me demostrara la traición que ese mismo día, en señal de desagravio, me compró La isla misteriosa de Julio Verne, que yo le había pedido hacía tiempo. Enseguida llevé el libro de regalo a Nemecsek, y eso que ni siquiera lo había leído todavía, y eso que me habría gustado mucho leerlo, y eso que al día siguiente mi padre me preguntó: «¿Dónde está el libro, canalla?», y yo no supe qué contestarle, pero mi padre dijo: «Eres un sinvergüenza, ya lo has vendido en una librería de viejo, así que ya verás, nunca más te daré nada», y empezó ahí mismo, porque no me dieron almuerzo, pero no me importa, porque si el pobre Nemecsek ha sufrido siendo inocente por mi culpa, yo también quiero sufrir por él siendo inocente. Esto sólo te lo escribo de pasada, porque no es lo más importante que quiero decir. Ayer en la escuela, donde no me dirigisteis la palabra, pensé en cómo reparar mi error. Y al final encontré la manera. Pensé: lo repararé exactamente tal como lo cometí. Así que justo después del almuerzo, cuando me marché triste de vosotros porque no querías admitirme de nuevo, me fui directamente al Jardín Botánico para enterarme de algo que os pudiera servir. Imité a Nemecsek porque en la isla me subí al mismo árbol en el que él se había quedado acurrucado toda una tarde, lo hice, claro, cuando no había llegado todavía ninguno de los camisas rojas a la isla. Finalmente aparecieron a eso de las cuatro y despotricaron contra mí, lo escuché perfectamente desde el árbol, pero no me importaba ya porque me sentía de nuevo uno de los muchachos de la calle Pál aunque me hubierais echado, porque no podíais echar mi corazón, con el que siento igual que vosotros, y no me importa que te rías de mí, pero casi lloré de alegría cuando Feri Áts dijo: «Ese Geréb forma parte de ellos, y no es un verdadero traidor, pues parece que los de la calle Pál lo mandaban aquí con nosotros para que espiase.» Celebraron una asamblea y yo presté atención a cada una de sus palabras. Dijeron que, como Nemecsek se había enterado de todo, no podían venir hoy a pelear, porque estáis preparados. O sea, que decidieron que la batalla será mañana. Pero también idearon una cosa muy astuta, de la que hablaron en voz muy baja, de manera que tuve que bajar dos ramas para poder escuchar. Mientras bajaba, ellos oyeron el ruido, y Wendauer dijo: «¿No estará Nemecsek otra vez en el árbol?» Pero era, por suerte, sólo una broma, porque no miraron arriba, y si hubieran mirado, tampoco me habrían encontrado, porque era muy tupido ya el follaje en el árbol. Pues decidieron que mañana atacarán tal como tú sabes, tal como lo escuchó Nemecsek. Porque Feri Áts dijo esto: «Ahora creen que, porque Nemecsek lo oyó todo, nosotros vamos a cambiar el plan de operaciones. Pero no lo vamos a cambiar, precisamente porque ellos ya nos aguardan de otra manera.» Esto es lo que decidieron. Luego se ejercitaron, y yo me quedé acurrucado en el árbol hasta las seis y media, con gran peligro, pues puedes imaginar lo que habría pasado si por casualidad se dan cuenta de mi presencia. Apenas conseguía aguantarme con las manos, y si no se hubieran marchado a las seis y media, probablemente me habría agotado y habría caído entre ellos como un albaricoque maduro de ese gran árbol, a pesar de que no soy un albaricoque ni el árbol es un albaricoquero. Pero esto es sólo una broma, porque lo importante es lo que te he escrito antes. Así que a las seis y media, cuando la isla quedó desierta, me bajé del árbol y me volví a casa, y después de cenar tuve que estudiar latín a la luz de una sola vela, porque me había perdido toda la tarde. Estimado Boka, ahora sólo te pido una cosa. Haz el favor de creerme que es cierto lo que acabo de escribirte. No creas que es mentira y que quiero engañaros como espía de los camisas rojas. Escribo esto porque quiero volver con vosotros y quiero merecer que me perdonéis. Seré vuestro fiel soldado, tampoco me importa que me retires el cargo de teniente, pues vuelvo con gusto como soldado raso, porque no tenéis soldado raso ahora, porque Nemecsek está enfermo y el único soldado raso es el perro de Janó, que es más bien un perro militar, y yo soy al menos un muchacho. Si me perdonas esta vez y me admites de nuevo, hoy mismo iré y lucharé con vosotros en la batalla y me distinguiré tanto en el fragor del combate que repararé así todos mis errores. Te pido, por favor, dile a Mari si puedo ir o no puedo ir, y si le dices que vaya, iré enseguida, porque mientras Mari está con esta carta allí dentro en el terreno, yo permanezco en el portal del número 5 de la calle Pál, esperando tu respuesta. Sigo siendo tu fiel amigo

Geréb

Cuando Boka terminó de leer la carta, tuvo la sensación de que Geréb no mentía y se había corregido tanto que valía la pena readmitirlo. Llamó, pues, a su edecán, Csele.

—Edecán —le dijo—, toque en la corneta la tercera señal, que significa que todos tienen que reunirse con el general.

—¿Cuál es la respuesta, señor? —preguntó Mari.

—Usted espere un poco, Mari —respondió en tono imperioso el general.

Y sonó entonces la cornetita, a cuyo agudo toque reaccionaron los muchachos apareciendo tímidamente entre las pilas de leña. No entendían por qué los llamaba a presentarse ante su general. Sin embargo, al ver que Boka seguía tranquilo en su sitio, se atrevieron a salir y al cabo de un minuto el ejército volvía a estar ante él en formación. Boka les leyó la carta y les preguntó:

—¿Lo readmitimos?

Y los muchachos, por qué negarlo, eran buenos. Todos respondieron a la vez:

—¡Sí!

Boka se volvió hacia la criada y le dijo:

—Dígale que venga. Esa es la respuesta.

Mari contemplaba absorta la escena, el ejército, las gorras rojiverdes, las armas... Luego, sin embargo, salió por la portezuela.

—¡Richter! —gritó Boka cuando se quedaron solos. Richter se salió de la fila—. Pondré a Geréb a tu lado —dijo el general—, tú te ocuparás de él. Tan pronto como observes una mínima señal sospechosa, lo agarrarás y lo encerrarás en la choza. No creo que ocurra. Pero no está de más la cautela. ¡Descansa! Hoy no habrá batalla, como habéis podido deducir de la carta. Todo lo que hemos planeado para hoy queda aplazado para mañana. Si ellos no han cambiado su plan de operaciones, nosotros tampoco lo haremos.

Estaba a punto de continuar cuando alguien abrió de golpe la puerta, que nadie había cerrado con el pestillo tras la marcha de la criada, y por allí entró raudo Geréb, feliz y contento, radiante, como quien puede acceder por fin a la tierra prometida. Sin embargo, al ver el ejército, se puso serio. Se acercó a Boka y, ante la atenta mirada de todos, alzó la mano hasta la visera. Los muchachos de la calle Pál llevaban una gorra rojiverde.

Saludó y dijo:

—¡A la orden, mi general!

—Bien —respondió Boka sin ceremonias—. Hemos decidido que estarás al lado de Richter, por el momento como soldado raso. Ya veré después cómo te comportas en el día de la batalla y entonces podrás recuperar tu jerarquía.

Dicho esto, se volvió hacia el ejército:

—Y a vosotros os prohíbo terminantemente hablar con Geréb de su error. Él quiere lavar su culpa y nosotros le perdonamos. Que nadie lo ofenda ni con una palabra, que nadie le reproche su error. Y a él también le prohíbo hablar de ello, porque es un capítulo cerrado.

Se produjo un profundo silencio. Los muchachos volvían a decir para sus adentros: «Vaya, un chico inteligente este Boka, merece ser nuestro general.»

Y Richter empezó a explicar a Geréb cuál sería su papel en el combate del día siguiente. Boka hablaba con Csele. Y mientras conversaban en voz baja, el vigía, que continuaba a horcajadas sobre la valla, de repente metió la pierna derecha, que hasta entonces colgaba sobre la calle. Su rostro estaba desencajado por el horror. Farfulló asustado:

—Mi general... ¡viene el enemigo!

Boka, como un rayo, se precipitó hacia la puerta y corrió el pestillo. Todos miraron a Geréb, que permanecía blanco como la cera junto a Richter. Boka le gritó enfurecido:

—¡Así que has mentido! ¿Has vuelto a mentir?

Geréb, pasmado, no supo qué responder. Richter lo agarró del brazo.

—¿Esto qué es? —gritó Boka.

Geréb consiguió a duras penas pronunciar unas palabras:

—Quizá... quizá me vieron arriba en el árbol... y así quisieron despistarme...

El vigía miró hacia la calle y luego se bajó de un salto de la valla, cogió su arma y se puso en fila con los demás.

—¡Que vienen los camisas rojas! —dijo.

Boka se acercó a la puerta y la abrió. Salió valientemente a la calle. En efecto, venían los camisas rojas. Sin embargo, sólo eran tres. Venían los dos Pásztor y Szebenics. Al ver a Boka, Szebenics extrajo una banderita blanca de debajo del abrigo y la agitó. Gritó desde lejos:

—¡Somos embajadores!

Boka regresó al terreno. Sentía cierta vergüenza ante Geréb, por haber sospechado enseguida de él. Llamó a Richter:

—¡Suéltalo! Vienen unos embajadores, con la bandera blanca. ¡Perdóname, Geréb!

El pobre Geréb respiró aliviado. A punto estuvo de meterse en un aprieto sin comerlo ni beberlo. Eso sí, el vigía recibió una buena reprimenda.

—¡Y tú —le gritó Boka— mira bien antes de dar la voz de alarma! ¡Vaya burro asustadizo! —Y continuó dando órdenes:— ¡Atrás todos! ¡Entre las pilas de leña! Conmigo sólo se quedan Csele y Kolnay. ¡En marcha! ¡Ar!

El ejército se alejó con paso militar y no tardó en desaparecer tras las pilas de leña. Geréb iba con ellos. La última gorra rojiverde desapareció en el preciso instante en que los embajadores llamaron a la puerta. El edecán les abrió. Entraron. Los tres llevaban camisas y gorras rojas. No portaban armas, y Szebenics levantó la bandera blanca.

Boka sabía cómo actuar en esos casos. Cogió su lanza y la apoyó contra la valla, mostrando así que él también se quedaba sin arma. Kolnay y Csele siguieron su ejemplo sin decir palabra; es más, Csele llevó su diligencia hasta el punto de dejar incluso la corneta en el suelo. El mayor de los Pásztor dio un paso adelante.

—¿Tengo el honor de hablar con el señor comandante?

Csele respondió:

—Sí. Es nuestro general.

—Hemos venido como embajadores —dijo Pásztor—, y yo soy el jefe de la embajada. Venimos a declarar la guerra en nombre de nuestro comandante, Feri Áts.

Al mencionar el nombre de su líder, los embajadores saludaron. Boka y los suyos se llevaron la mano a la visera de la gorra, en señal de cortesía. Pásztor continuó:

—No queremos sorprender al contrario. Llegaremos a las dos y media en punto. Es lo que queríamos decir. Y pedimos una respuesta.

Boka percibía que era un momento de suma importancia. Le temblaba un poco la voz cuando respondió:

—Aceptamos la declaración de guerra. Sin embargo, tenemos que llegar a un acuerdo en un punto. No quiero que esto se convierta en una trifulca.

—Nosotros tampoco —dijo con voz sombría Pásztor y bajó la cabeza como era su costumbre.

—Lo que quiero —prosiguió Boka— es que sólo se admitan tres tipos de lucha. Bombas de arena, lucha reglamentaria y combate con lanza. Conocen ustedes las reglas, ¿no?

—Sí.

—El combatiente que acabe tumbado tocando el suelo con ambos hombros se considerará vencido y ya no podrá seguir peleando. Sin embargo, puede continuar en los otros dos tipos de lucha. ¿De acuerdo?

—De acuerdo.

—Y la lanza no servirá ni para luchar cuerpo a cuerpo ni para clavarla. Sólo para esgrimirla como una espada.

—Así es.

—Y dos no pueden atacar a uno solo. Pero una tropa puede atacar a otra tropa. ¿Vale?

—Vale.

—Entonces no tengo nada más que decir.

Hizo el saludo militar. Y Csele y Kolnay se cuadraron y lo imitaron. La embajada devolvió el saludo, y Pásztor volvió a hablar:

—Me queda una petición. Nuestro jefe también nos encargó que preguntásemos por Nemecsek. Nos hemos enterado de que está enfermo. Y si está enfermo, tenemos el encargo de ir a visitarlo, porque se comportó con gran valor el otro día en nuestra isla y nosotros respetamos mucho a un enemigo así.

—Vive en la calle Rákos, en el número 3. Está muy enfermo.

Acto seguido, se saludaron sin más palabras. Szebenics volvió a levantar la bandera. Pásztor gritó:

—¡En marcha! ¡Ar! —Y la embajada salió por la puerta.

Desde la calle todavía oyeron el toque de la cornetita. De esa manera convocaba el general a su ejército para informar de lo ocurrido.

Mientras, la embajada se dirigió a toda prisa a la calle Rákos. Se detuvo ante la casa en la que vivía Nemecsek. En la puerta había una niña, y le preguntaron:

—¿Vive un tal Nemecsek en esta casa?

—Sí —respondió la niña, y los condujo a una humilde vivienda situada en la primera planta. Allí residía Nemecsek. Junto a la puerta había una placa de hojalata pintada de azul, con la siguiente inscripción: «András Nemecsek, sastre.»

Entraron y saludaron. Explicaron el motivo de su visita. La madre de Nemecsek, una mujercita pobre, rubia y delgada que se parecía mucho a su hijo —o mejor dicho: cuyo hijo se parecía mucho a ella— los condujo hasta la habitación en la que yacía el soldado raso. Szebenics levantó la bandera blanca. Y también allí, uno de los Pásztor dio un paso adelante:

—Feri Áts te manda saludos y desea que te mejores.

El rubiecito, pálido, con el pelo revuelto, la cabeza apoyada sobre la almohada, se incorporó en la cama al oír estas palabras. Sonrió feliz, y lo primero que preguntó fue lo siguiente:

—¿Cuándo será la guerra?

—Mañana.

Se puso triste.

—Entonces no podré estar —dijo apesadumbrado.

La embajada no respondió. Uno por uno, dieron la mano a Nemecsek, y Pásztor, con su cara hosca y feroz, dijo emocionado:

—¡Y a mí, perdóname!

—Te perdono —dijo en voz baja el rubiecito, y empezó a toser. Volvió a apoyar la cabeza en la almohada, y Szebenics la arregló un poco. Entonces Pásztor dijo:

—Bueno, nos vamos.

El abanderado volvió a levantar la bandera blanca, y los tres se dirigieron a la cocina. Allí, la madre de Nemecsek no pudo contener el llanto:

—Vosotros... vosotros sois todos unos muchachos tan buenos, tan cabales... y queréis tanto a mi pobre hijito. Por eso... por eso... os invito ahora a una taza de chocolate...

Los embajadores se miraron los unos a los otros. El chocolate era algo tentador. Sin embargo, Pásztor dio un paso adelante y por una vez no bajó la hermosa cabeza morena, sino que la levantó y dijo con orgullo:

—Por esto no merecemos el chocolate. ¡En marcha! ¡Ar!

Y desfilaron para fuera.

Capítulo 8

El día de la guerra fue un maravilloso día primaveral. Por la mañana llovió, y en el colegio los muchachos miraron por la ventana con tristeza durante el recreo. Estaban convencidos de que la lluvia les estropearía la batalla. Hacia el mediodía, sin embargo, paró de llover y el cielo se despejó. A la una lucía ya el dulce sol de primavera, se secó el empedrado, y cuando los muchachos salieron del instituto y se dirigieron a sus casas, volvía a hacer calor y la brisa traía las frescas fragancias de los montes de Buda. Era el tiempo ideal para una batalla. La arena acumulada en las fortalezas se mojó, pero para la tarde volvió a deshumedecerse un poco. Por tanto, las bombas eran ya más manipulables.

Hubo muchas prisas a la una. Todos corrieron a casa, y a las dos menos cuarto, el ejército bullía en el terreno. Alguno traía aún el pan del almuerzo en el bolsillo y lo iba comiendo. Sin embargo, el nerviosismo no era tan intenso como el día anterior. Entonces no sabían aún qué ocurriría. La aparición de los embajadores disipó el estado de excitación, que fue sustituido por una tensa espera. Ya sabían a qué hora llegarían y cómo sería la lucha. Ardía la combatividad en algunos, deseosos de encontrarse ya en el fragor del combate. En la última media hora, no obstante, Boka había retocado el plan de batalla. Cuando los muchachos se reunieron, observaron asombrados que una amplia y profunda zanja transcurría entre las fortalezas cuatro y cinco. Asustados, enseguida pensaron que era obra del enemigo, y se precipitaron hacia Boka:

—¿Has visto la zanja?

—La he visto.

—¿Quién la hizo?

—Janó la hizo esta madrugada, por encargo mío.

—¿Para qué?

—Esto variará parcialmente el plan de batalla.

Echó un vistazo a sus apuntes y llamó a los comandantes de los batallones A y B.

—¿Veis esta zanja?

—La vemos.

—¿Sabéis qué es una trinchera?

No lo sabían muy bien.

—La trinchera —explicó Boka— sirve para que los soldados se resguarden en su interior, se escondan ante el enemigo y sólo entren en combate en el momento oportuno. El plan de operaciones se altera, porque no estaréis junto a la puerta de la calle Pál. Me he dado cuenta de que no es una buena solución. Vosotros os esconderéis en la zanja con los dos batallones. Cuando una parte del enemigo entre por la puerta de la calle Pál, las fortalezas enseguida comenzarán el bombardeo. El enemigo se dirigirá hacia las fortalezas, porque no verá la trinchera al pie de las pilas de leña. Cuando se encuentre a cinco pasos de la zanja, sacaréis la cabeza de allí y empezaréis a bombardearlos con la arena. Mientras, las fortalezas continuarán con el bombardeo. Entonces salís corriendo de la trinchera y os abalanzáis sobre el enemigo. No los perseguís enseguida hacia la puerta, sino que esperáis a que nosotros acabemos con el grupo de la calle Mária, y sólo cuando yo llame al ataque, los empujáis hasta la puerta. Cuando nosotros hayamos metido en la choza al grupo de la calle Mária, las guarniciones de las fortalezas uno y dos se pasarán a las otras fortalezas, y nuestro regimiento de la calle Mária acudirá en vuestra ayuda. O sea, que vosotros os limitáis a retenerlos. ¿Entendido?

—Por supuesto.

—Y entonces yo llamo al ataque. Seremos el doble que ellos, porque una mitad de su ejército estará ya encerrada en la choza. Y según las leyes, no importa que estemos en mayoría en un ataque con tropas. Sólo en los combates individuales no está permitido luchar dos contra uno.

Mientras decía esto, Janó se acercó a la zanja y enderezó la línea con unos azadazos. Después vertió una carretillada de arena en su interior.

A todo esto, las guarniciones de las fortalezas trabajaban con diligencia, trajinaban en lo alto de las pilas de leña. Los fuertes estaban construidos de tal manera que a los muchachos sólo se les veían las cabezas entre los leños. Se inclinaban, desaparecían y volvían a aparecer. Estaban fabricando las bombas de arena. En el borde de cada fortaleza ondeaba una banderita rojiverde agitada por el viento; sólo faltaba la bandera en la fortaleza de la esquina, la número tres. Era la que en su día se había llevado Feri Áts. No habían puesto otra en su lugar, pues querían recuperarla en la batalla.

Recordemos, sin embargo, que la última vez que vimos esa bandera, que tantas vicisitudes había vivido, se encontraba en manos de Geréb. Primero se la llevó Feri Áts, y los camisas rojas la escondieron en las ruinas del Jardín Botánico. De allí se la llevó Nemecsek, cuyas diminutas huellas fueron descubiertas en la arena fina del suelo. Y esa noche memorable en que el pequeño rubio bajó de un salto del árbol para posarse entre los camisas rojas, los Pásztor se la arrebataron, de manera que acabó otra vez entre los *tomahawks*, en el arsenal secreto de los camisas rojas. De allí la sustrajo Geréb, decidido a hacer un favor a los muchachos de la calle Pál. Pero entonces Boka sentenció que ellos no necesitaban la bandera recuperada por medio de un hurto. Querían recobrarla honradamente.

Por tanto, el día anterior, tan pronto como los enviados se hubieron marchado de su territorio, una embajada de la calle Pál se dirigió rumbo al Jardín Botánico con la bandera.

Cuando llegaron allí, se celebraba precisamente una importante reunión para preparar la guerra. Csele iba a la cabeza de la embajada, compuesta por dos más: Weisz y Csónakos. Csele tenía una bandera blanca, y Weisz llevaba la bandera rojiverde envuelta en papel de periódico.

Los guardias se les plantaron delante en el puente de madera:

—¡Alto! ¡Identifíquense!

Csele sacó la bandera blanca de debajo del abrigo y la levantó. Eso sí, no dijo ni pío... Los guardias no sabían cómo proceder en estos casos. Por tanto, gritaron hacia el interior de la isla:

—*¡Jalajó!* ¡Han venido unos extraños!

Feri Áts se acercó entonces al puente. Él sí conocía el significado de la bandera blanca. Dejó pasar a los embajadores a la isla.

—¿Venís como enviados?

—Sí.

—¿Qué queréis?

Csele dio un paso adelante:

—Traemos de vuelta esta bandera que nos habéis quitado. Ahora la teníamos nosotros, pero no la queremos así. Traedla mañana a la batalla, y si os la podemos arrebatar, perfecto. Si no, será vuestra. ¡Este es el mensaje de mi general!

Hizo una seña a Weisz, que desenvolvió con gesto serio el papel de periódico y extrajo la bandera. Antes de entregarla, la besó.

—¡Szebenics, encargado del depósito de armas! —gritó Áts.

—¡No está! —se oyó desde la espesura.

Csele intervino:

—Ahora mismo ha venido a vernos como embajador.

—Cierto —dijo Feri Áts—, lo he olvidado. Pues que se presente su sustituto.

Se apartaron las ramas de un arbusto y el pequeño y ágil Wendauer se presentó ante su jefe.

—Coge la bandera de los embajadores —dijo este— y guárdala en el depósito de armas.

Luego se volvió hacia los enviados:

—Szebenics, nuestro encargado del depósito de armas, llevará la bandera en la batalla. Esta es mi respuesta.

Csele se disponía ya a levantar la bandera blanca en señal de que se disponían a marcharse cuando el jefe de los camisas rojas volvió a hablar:

—Seguro que fue Geréb quien os llevó de vuelta la bandera —dijo.

Se produjo un momento de silencio. Nadie respondió.

Áts insistió:

—Fue Geréb, ¿no?

Csele se cuadró.

—No tengo ningún encargo al respecto —dijo con tono militar, y después se dirigió en voz bien alta a su séquito—: ¡En marcha! ¡Ar!

Allí dejó al jefe de los otros. No en vano decían de Csele que era un dandi, no en vano decían que era elegante; había que reconocer que esta vez actuó con garbo. No estaba dispuesto a traicionar a nadie ante el enemigo, ni siquiera al traidor.

Y Feri Áts se quedó un poquito fastidiado en ese momento. Wendauer, con la bandera en la mano, lo miraba pasmado. El jefe le gritó entonces enfurecido:

—¿Tú qué miras? ¡Lleva la bandera a su sitio!

Wendauer se alejó arrastrando los pies, al tiempo que pensaba: «Pues son realmente magníficos estos muchachos de la calle Pál. Este es el segundo que fastidia al terrorífico Feri Áts.»

Así les fue devuelta la bandera. Y por eso no había bandera en la fortaleza número tres.

Los vigías se hallaban ya en sus sitios. El uno a horcajadas sobre la valla de la calle Mária, el otro sobre la que daba a la calle Pál. Entre las pilas de leña, Geréb salió del grupo que no paraba de moverse, trajinar, trabajar. Se plantó ante Boka y dio taconazo.

—Comunico con todos mis respetos a mi general que quiero pedirle un favor.

—¿Qué?

—Mi general me ha asignado hoy un puesto de artillero en la tercera fortaleza, porque se encuentra en la esquina y es la más peligrosa. Además, porque le falta la bandera que el otro día traje aquí.

—Pues sí. ¿Y qué quieres?

—Quiero pedirle que me asigne una tarea más peligrosa todavía. Ya me he puesto de acuerdo con Barabás, que está destinado a la trinchera. Él es un buen tirador, así que puede resultar útil en la fortaleza. Y yo quiero combatir cuerpo a cuerpo, desde la trinchera, en primera línea. Permítamelo, por favor.

Boka lo miró de arriba abajo.

—Eres un buen muchacho a pesar de todo, Geréb.

—¿Me lo permite?

—Sí.

Geréb saludó, pero se quedó ante el general.

—¿Y ahora qué quieres? —le preguntó este.

—Sólo quería decir —respondió un tanto turbado Geréb— que me ha alegrado que te refirieras a mí como un buen muchacho. Pero me ha dolido que lo expresaras así: Eres un buen muchacho a pesar de todo, Geréb.

Boka se sonrió.

—No es culpa mía. La causa eres tú mismo. Pero ahora no te emociones. ¡Media vuelta a la derecha! ¡En marcha! ¡Ar! ¡A tu sitio!

Y Geréb se marchó. Contento se introdujo en la trinchera y enseguida se puso a fabricar bombas con la arena mojada. De la zanja salió a su vez una figura cubierta de barro. Era Barabás. Gritó a Boka:

—¿Se lo has permitido?

—¡Sí! —le respondió a voz en cuello el general.

La conclusión es que no se confiaba todavía del todo en Geréb. Así le va a quien actúa con deslealtad. Lo controlan incluso aunque diga la verdad. No obstante, la palabra del general disipó también esta duda. Barabás se encaramó a la fortaleza de la esquina y desde abajo se pudo ver cómo se presentaba al comandante haciendo el saludo militar. En el instante siguiente, sin embargo, ambos escondieron las cabecitas tras el bastión. Se pusieron manos a la obra. Colocaron las bombas formando pirámides.

Así transcurrieron los minutos. Para los muchachos, esos pocos minutos fueron como unas cuantas horas, y la impaciencia se intensificó hasta el punto de que empezaron a oírse gritos:

—¿Se lo habrán pensado?

—¡Se han asustado!

—¡Han tramado un ardid!

—¡No vendrán!

Unos minutos después de las dos, el edecán recorrió todas las posiciones con la orden de poner fin a cualquier distracción y de estar todo el mundo alerta porque el general se disponía a pasar revista por última vez. Y cuando el edecán avisaba a la última posición, Boka ya se presentaba en la primera, en silencio y con gesto severo. Primero inspeccionó el regimiento de la calle Mária. Todo estaba en orden. Los dos batallones flanqueaban la puerta. Los comandantes dieron un paso adelante.

—Está bien —dijo Boka—. ¿Conocéis vuestras instrucciones?

—Sí. Fingiremos huir.

—Y luego... ¡por la espalda!

—¡Así es, mi general!

Después inspeccionó la choza. Abrió la puerta e introdujo la llave grande y oxidada por fuera en la cerradura. Le dio la vuelta para probarla. Acto seguido examinó las tres primeras fortalezas. La guarnición de cada una de ellas consistía en dos hombres. Las bombas de arena estaban listas, colocadas en pirámides. La tercera contenía tres veces más bombas que las demás. Era el fuerte principal. Allí, tres artilleros se cuadraron al ver aparecer al general. En las fortalezas cuatro, cinco y seis contaban con bombas de reserva.

—Estas no las toquéis —dijo Boka—, porque la arena de reserva servirá para los bombardeos cuando ordene a los artilleros trasladarse aquí.

—¡Sí, mi general!

En la fortaleza número cinco era tan intensa la sensación de «presión» que, cuando llegó el general, el artillero le gritó en un exceso de celo:

—¡Alto! ¿Quién va?

El otro le dio un empujón en el costado. Boka le respondió a voz en cuello:

—¿No reconoces a tu general? ¡Burro! —Y luego añadió:— ¡A este habría que pegarle un tiro en la nuca aquí mismo!

El artillero nervioso se llevó un susto de muerte. Por de pronto ni siquiera se le ocurrió pensar que no era muy probable que lo ejecutaran allí mismo. Y Boka, por su parte, no se preocupó por el hecho de que acababa de decir una tontería, cosa esta que ocurría en contadas ocasiones.

Continuó su camino y llegó a la trinchera. Dos batallones permanecían acurrucados en la profunda zanja. Entre ellos Geréb, con una sonrisa de felicidad en los labios. Boka se plantó sobre la tierra amontonada.

—Muchachos —dijo con entusiasmo—, ¡de vosotros depende la suerte de la batalla! Si conseguís parar al enemigo mientras el regimiento de la calle Mária acaba su trabajo, ¡habremos ganado! ¡Tenedlo muy en cuenta!

Desde el fondo respondieron unos gritos estridentes. Las figuras allí acurrucadas se enfervorizaron. Eran extraños personajes los que gritaban dentro de la zanja y agitaban las gorras sin levantarse.

—¡Silencio! —les gritó el general.

Se dirigió al centro del terreno. Allí lo esperaba Kolnay con la corneta.

—¡Edecán! —llamó el general.

—¡A la orden!

—Nosotros tendremos que ir a un lugar desde el que podamos abarcar con la vista todo el campo de batalla. Los jefes de los ejércitos lo suelen ver desde lo alto de una colina. Por tanto, nos subiremos al tejado de la choza.

En un minuto estaban encima de aquel tugurio. El sol resplandeció en la corneta de Kolnay y proporcionó al edecán un aspecto sumamente belicoso. Los artilleros se señalaban los unos a los otros desde las fortalezas.

—Mira...

Y entonces Boka extrajo del bolsillo aquellos gemelos de teatro que ya habían desempeñado un papel en el Jardín Botánico. Colgó la tira del hombro, y en ese momento sólo algunos nimios detalles lo distinguían del gran Napoleón. Desde luego, había un general. Y todos esperaban.

Un historiador debe registrar con precisión los tiempos, de manera que apuntamos con exactitud que seis minutos después se oyó un toque de corneta procedente de la calle Pál. Era una corneta extraña. Al oírla, los batallones comenzaron a moverse inquietos.

—¡Ya vienen! —La noticia se transmitió de boca en boca.

Boka empalideció un poquito.

—¡Ahora! —dijo a Kolnay—. ¡Ahora se decide el destino de nuestro reino!

Unos instantes después, los dos vigías bajaban de la valla de un salto y se dirigían corriendo a la choza, sobre cuyo tejado estaba el general. Se detuvieron ante la choza y saludaron.

—¡Que viene el enemigo!

—¡A vuestros sitios! —gritó Boka, y los dos vigías se fueron a toda prisa a sus sitios. El uno a la trinchera, el otro al regimiento de la calle Mária. Boka se llevó los gemelos a los ojos y dijo en voz baja a Kolnay:

—Prepárate a tocar la corneta.

Fue lo que ocurrió. Boka bajó de repente los gemelos, un color rojo inundó su rostro, y entonces dijo con una voz teñida por el entusiasmo:

—¡Toca!

Se oyó entonces el sonido agudo de la corneta. Los camisas rojas se detuvieron ante las dos puertas del reino. La luz del sol centelleaba en las puntas plateadas de sus lanzas. Con sus camisas rojas y sus gorras rojas parecían unos diablos. Sus cornetas también llamaban al ataque, y el aire se llenó de inquietantes toques. Kolnay no paraba de tocar, no cesó ni por un segundo.

—Tatatá... ta... tatatá... —sonaba desde lo alto de la choza.

Boka buscaba con los gemelos a Feri Áts. Exclamó:

—Allí está... Feri Áts viene por la calle Pál... Szebenics está con él... Trae nuestra bandera... ¡Nuestro regimiento de la calle Pál lo tendrá difícil!

El mayor de los Pásztor dirigía a los que venían por la calle Mária. Agitaban una bandera roja. Y las tres cornetas sonaban sin pausa. Los camisas rojas se quedaron ante la puerta, en formación de combate.

—Están planeando algo —dijo Boka.

—¡Da igual! —gritó el edecán, que dejó de tocar la corneta por un instante. Pero en el momento siguiente continuó a pleno pulmón—: Tatatá... ta... tatatá...

Las cornetas de los camisas rojas callaron de golpe. Los invasores procedentes de la calle Mária prorrumpieron en un terrorífico grito de guerra:

—*¡Jalajó, jalajó!*

Entraron corriendo por la puerta. Los nuestros se plantaron ante ellos por un instante, como dispuestos a entrar en combate, pero en el momento siguiente huyeron a toda velocidad, tal como mandaba el plan de batalla.

—¡Bravo! —exclamó Boka. Entonces miró de repente hacia la calle Pál. El regimiento de Feri Áts... no entró por la puerta. Permanecían en la calle, rígidos como palos.

Boka se asustó.

—¿Esto qué es?

—Un ardid —respondió temblando Kolnay. Entonces volvieron a mirar a la izquierda. Los nuestros corrían, y los camisas rojas se precipitaron gritando tras ellos.

Entonces Boka, que había observado casi con asombro la inactividad del regimiento de Feri Áts, de pronto actuó de un modo completamente inusual en él. Lanzó al aire su gorra, soltó un grito enorme, se puso a bailar sobre el tejado de la choza como si se hubiera vuelto loco, de tal manera que esa construcción podrida a punto estuvo de venirse abajo.

—¡Estamos salvados! —gritó.

Se abalanzó sobre Kolnay, lo abrazó y lo besó. Después comenzó a bailar con él. El edecán no entendía nada. Le preguntó pasmado:

—¿Qué pasa? ¿Qué pasa?

Boka señaló hacia donde Feri Áts permanecía inmóvil con su ejército.

—¿Ves eso?

—Lo veo.

—Oye, ¿no lo entiendes?

—No.

—Estúpido... ¡estamos salvados! ¡Hemos ganado! ¿No lo entiendes?

—No.

—¿Ves que están inmóviles?

—Claro que lo veo.

—No entran... Esperan.

—Pues sí.

—¿Y por qué esperan? ¿A qué esperan? Esperan a que el regimiento de Pásztor acabe su trabajo en la calle Mária. Entonces atacarán ellos. Me he dado cuenta tan pronto como era evidente que no atacaban a la vez. Tenemos la suerte de que elaboraron el mismo plan de batalla que nosotros. Quieren que Pásztor eche a una mitad de nuestro ejército hacia la calle Mária, y entonces atacarán simultáneamente a la otra mitad; Pásztor por la espalda, Feri Áts de frente. Pero ¡tururú! ¡Ya verás! ¡Ven conmigo!

Y comenzó a bajar.

—¿Adónde?

—¡Tú ven conmigo! Aquí no tenemos nada que hacer, porque aquellos no se mueven de su sitio. ¡Vamos a ayudar a nuestro regimiento de la calle Mária!

El regimiento de la calle Mária estaba actuando de maravilla. Correteaba ante el edificio de la serrería, correteaba alrededor de las moreras. Lo muchachos lo hacían con astucia puesto que iban gritando:

—¡Ay! ¡Ay!

—¡Estamos acabados!

—¡Hemos perdido!

Los camisas rojas los perseguían a gritos. Boka se limitaba a observar si terminaban cayendo en la trampa. Los nuestros desaparecieron de repente tras el edificio de la serrería. Una mitad se refugió en la cochera, la otra en la choza.

Pásztor lanzó la consigna:

—¡Perseguidlos! ¡Atrapadlos!

Y los camisas rojas se lanzaron en pos de ellos, detrás de la serrería.

—¡Toca! —ordenó Boka.

Y sonó la corneta, señalando que las fortalezas habían de comenzar el bombardeo. Gritos de júbilo de delicadas voces infantiles brotaron de las tres primeras fortalezas. Se oyeron sordas detonaciones. Las bombas de arena empezaron a volar.

Boka estaba rojo, le temblaba el cuerpo.

—¡Edecán! —gritó.

—¡Presente!

—Ve corriendo a la trinchera y diles que se esperen. Que se limiten a esperar. Cuando toque a ataque, entonces podrán comenzar. ¡Y que las fortalezas de la calle Pál también esperen!

El edecán se marchó corriendo. Eso sí, al llegar a la choza se echó al suelo. Arrastrándose tras el montón de tierra se acercó a la trinchera para que no lo viese el regimiento enemigo, que permanecía inmóvil delante de la puerta. Comunicó a susurros la orden al hombre que estaba en un extremo de la zanja y después volvió hasta su general tal como había venido.

—Todo en regla —informó.

El aire rebosaba de gritos detrás de la serrería. Los camisas rojas creían haber vencido. Las tres fortalezas disparaban con decisión, impidiendo que subieran a las pilas de leña. En la fortaleza de la esquina, la renombrada fortaleza número tres, Barabás, arremangado, luchaba como un león. Apuntaba una y otra vez al mayor de los Pásztor. Las blandas bombas de arena daban una tras otra en la cabeza del camisa roja.

Y a cada bombazo, Barabás gritaba:

—¡Toma ya!

Se llenaron de arena los ojos y la boca de Pásztor, que tosía furioso:

—¡Ya verás! ¡Ahora voy! —gritaba con rabia.

—¡Ven! —le contestaba a voz en cuello Barabás, que apuntaba y lanzaba. Y al camisa roja volvían a llenársele de arena los ojos y la boca. Gritos de júbilo estallaban en las fortalezas.

—¡Come arena! —gritó acaloradamente Barabás, al tiempo que tiraba las bombas con ambas manos, todas en dirección a Pásztor. Y los otros dos tampoco le iban a la zaga. La fortaleza de la esquina trabajaba que daba gusto verla. La infantería permanecía en silencio en el interior de la choza y de la cochera, a la espera de la orden para salir al ataque. Los camisas rojas estaban ya al pie de las fortalezas, librando un combate encarnizado. Pásztor volvió a dar una orden:

—¡Arriba, a las pilas de leña!

—¡Paf! —gritó Barabás y arrojó una bomba a la nariz del jefe enemigo.

—¡Paf! —repitieron las demás fortalezas, que lanzaron una auténtica lluvia de arena sobre las cabezas de los que se disponían a encaramarse.

Boka agarró a Kolnay del brazo.

—Comienza a acabarse la arena —dijo—, lo veo desde aquí. Barabás ya sólo dispara con una mano, y eso que la fortaleza de la esquina tenía tres veces más que las demás...

En efecto, los bombardeos parecían menguar.

—¿Qué pasará? —preguntó Kolnay.

Boka volvió a tranquilizarse.

—¡Ganaremos!

En ese momento, la segunda fortaleza dejó de disparar. Por lo visto, se les había terminado la arena.

—¡Ha llegado el momento! —gritó Boka—. ¡Ve a la cochera! ¡Que ataquen!

Él mismo se dirigió de un salto a la choza. Abrió la puerta de par en par y gritó al interior:

—¡Al ataque!

Los dos batallones salieron al mismo tiempo, el uno de la cochera, el otro de la choza. Llegaron en el instante preciso. Pásztor había puesto ya un pie en la segunda fortaleza. Lo agarraron y lo tiraron hacia abajo. Los camisas rojas estaban confundidos. Creían que el regimiento que había huido se había refugiado entre las pilas de leña y que las fortalezas servían para impedir el acceso del enemigo a las pilas. Y he aquí que de repente los atacaban por atrás quienes hacía poco corrían delante...

Corresponsales de guerra expertos que han participado en batallas de verdad dicen que el peligro más grande de las guerras reside en la confusión. Los generales no tienen tanto miedo a cientos de cañones como a una pequeña e insignificante confusión que en cuestión de segundos se convierte en un caos generalizado. Y si la confusión debilita a todo un ejército provisto de fusiles y artillería, ¿cómo no iba a desgastar a esos pequeños infantes vestidos con camisas de gimnasia de color rojo?

No entendían nada de nada. En el primer momento ni siquiera sabían que eran los mismos que acababan de huir ante ellos. Creyeron que era otro regimiento. Sólo cuando reconocieron a algunos se dieron cuenta de que volvían a enfrentarse con los mismos.

—¿De dónde diablos han aparecido estos? —preguntó Pásztor a voz en cuello, mientras dos fuertes brazos lo agarraban de las piernas y lo bajaban de la fortaleza.

Boka también había entrado en combate. Escogió a un camisa roja y empezó a luchar con él. Mientras luchaban, lo fue empujando con habilidad poco a poco hacia la choza. El camisa roja se dio cuenta de que no lograría imponerse a Boka. Por tanto, lo zancadilleó. En las fortalezas, desde donde se seguía ese duelo con atención, se levantaron voces de protesta:

—¡Vileza!

—¡Le ha puesto una zancadilla!

Boka se cayó. Pero al instante se puso en pie. Gritó al camisa roja:

—¡Me has echado una zancadilla! ¡Eso es ilegal!

Llamó a Kolnay, y en un dos por tres llevaron a la choza al camisa roja, que no paraba de patalear. Boka le cerró la puerta. Dijo jadeando:

—Ha sido un estúpido. Si hubiera peleado correctamente, no habría podido con él. Así, sin embargo, teníamos todo el derecho de proceder contra él los dos.

Y volvió a sumergirse en el fragor de la batalla, en la que los muchachos luchaban por parejas. La poca arena que quedaba en las dos primeras fortalezas era utilizada contra los enemigos que peleaban. Las fortalezas que daban al solar de la calle Pál callaban. Aguardaban el momento oportuno.

Kolnay estaba a punto de empezar una pelea cuando Boka le gritó:

—¡No luches! Venga, ve y transmite la orden de que las guarniciones de las fortalezas uno y dos se trasladen a las fortalezas cuatro y cinco.

Kolnay atravesó las filas de combatientes con el mensaje. Enseguida desaparecieron las banderas de las dos primeras fortalezas, puesto que los muchachos las llevaron a la nueva línea del frente.

Se oía un grito de júbilo tras otro. El más grande, sin embargo, se produjo cuando Csónakos agarró con los dos brazos a Pásztor, al terrorífico e invencible Pásztor, y lo llevó así a la choza. Instantes después, Pásztor aporreaba con rabia impotente la puerta del tugurio... Eso sí, desde dentro...

El alboroto que se armó a continuación fue enorme. El regimiento de los camisas rojas tomaba consciencia de la derrota. Y perdió la cabeza definitivamente cuando desapareció su jefe. Ya sólo confiaba en que el grupo de Feri Áts arreglara el entuerto. Iban llevando a un camisa roja tras otro al interior de la choza, en medio de gritos de júbilo cada vez más estridentes que llegaron incluso a la inmóvil formación que esperaba ante la puerta de la calle Pál.

Feri Áts, que iba y venía ante la primera fila de sus hombres, dijo con una sonrisa orgullosa:

—¿Oís? Pronto recibiremos la señal.

Es que los camisas rojas habían acordado que, cuando el regimiento de Pásztor acabara su trabajo en la calle Mária, hiciera sonar la corneta, a lo cual Pásztor y Feri Áts atacarían al alimón. Por entonces, sin embargo, el pequeño Wendauer, uno de sus cornetas, aporreaba las paredes en el interior de la choza junto con los demás y su instrumento descansaba en silencio y lleno de arena en la tercera fortaleza, entre el botín de guerra...

Mientras esto ocurría alrededor de la serrería y de la choza, Feri Áts tranquilizaba y animaba a los suyos:

—Sed pacientes. Cuando oigamos la señal de la corneta, ¡al ataque!

Sin embargo, la señal esperada no llegaba. Los gritos y alaridos se volvieron más y más débiles; es más, daban decididamente la impresión de proceder de un lugar cerrado... Y cuando los dos batallones de gorras rojiverdes encerraron al último camisa roja en la choza y cuando entonces estallaron los gritos de júbilo más intensos que el terreno hubiera oído en toda su existencia, se percibieron unos movimientos nerviosos en el regimiento de Feri Áts. El menor de los Pásztor se salió de la fila.

—Creo que tenemos un problema —dijo.

—¿Por qué?

—Porque no son las voces de los nuestros, son voces extrañas.

Feri Áts aguzó el oído. En efecto, también se dio cuenta de que era música de gargantas ajenas. No obstante, fingió calma.

—No ha pasado nada —dijo—, ellos luchan en silencio. Gritan los muchachos de la calle Pál porque se ven en un aprieto.

En ese momento, como si se quisiera refutar a Feri Áts, se oyó un «¡viva!» claramente perceptible procedente de la calle Mária.

—Vaya —dijo Feri Áts—. Ha sido un viva.

El menor de los Pásztor intervino nervioso:

—El que está en un aprieto no suele dar vivas. Tal vez no tendríamos que haber estado tan seguros de que el regimiento de mi hermano ganaría...

Y Feri Áts, que era un muchacho inteligente, empezó a notar que no le habían salido los cálculos. Es más, tenía la sensación de que habían perdido el combate, puesto que ahora había de empeñar él la batalla contra todo el ejército de la calle Pál. Su última esperanza, la esperadísima corneta, no sonaba... Eso sí, sonó la señal de otra corneta. De una corneta desconocida que se comunicaba con el ejército de Boka. Y venía a decir que hasta el último hombre del regimiento de Pásztor estaba detenido, encerrado, y que en ese instante se iniciaba el ataque desde el solar. Y, en efecto, al toque de la corneta el regimiento de la calle Mária se dividió en dos, una parte apareció junto a la choza, la otra junto a la fortaleza número seis, con la ropa un tanto desgarrada, pero con los ojos brillantes y con un estado de ánimo triunfal, todos entrenados en el fragor de un combate victorioso.

Entonces Feri Áts estaba ya seguro de que el regimiento de Pásztor había sido derrotado. Por unos instantes miró de hito en hito a los dos batallones recién llegados a sus nuevos puestos y se volvió de pronto hacia el menor de los Pásztor. Nervioso, dijo:

—Pero si los han derrotado, ¿dónde están? Si los han echado a la calle, ¿por qué no se suman a nosotros?

Miraron por la calle Pál; es más, Szebenics se fue corriendo hasta la calle Mária. No había nadie por ninguna parte. Un carro cargado de ladrillos se desplazaba a trancas y barrancas por la calle y algunos transeúntes iban en silencio, cada uno a lo suyo.

—¡Nadie por ninguna parte! —informó desesperado Szebenics.

—Pero ¿qué se ha hecho de ellos?

Entonces le vino a la mente la choza.

—¡Los han encerrado! —gritó fuera de sí—. Los han vencido y los han encerrado en su choza.

Esta vez su aseveración se vio confirmada, así como antes acabó refutada. Se oyó un rumor sordo procedente de la choza. Los prisioneros golpeaban los tablones con los puños. Pero en vano. La choza estaba, por tanto, del lado de los muchachos de la calle Pál. No ofrecía ni la puerta ni las paredes para salir. Aguantaba con firmeza los puñetazos. Y los encerrados daban un concierto infernal en su interior. Con sus alaridos querían llamar la atención del regimiento de Feri Áts. El pobre Wendauer, despojado de su corneta, juntó las manos a modo de embudo y sopló a pleno pulmón.

Feri Áts se volvió hacia su regimiento.

—¡Muchachos! —gritó—, ¡Pásztor ha perdido la batalla! ¡De nosotros depende salvar el honor de los camisas rojas! ¡Al ataque!

Y entraron en el solar tal como estaban formados, en una amplia línea, y atacaron a la carrera. Boka, sin embargo, que volvía a estar con Kolnay en lo alto de la choza, gritó superando con su voz la música infernal de los ruidos, alaridos y aporreos que se oían bajo sus pies.

—¡Toca la corneta! ¡Al ataque! ¡Fortalezas, fuego!

Y los camisas rojas que corrían hacia la trinchera se quedaron de una pieza. Cuatro fortalezas comenzaron a bombardearlos una tras otra. Una nube de arena los cubrió en un momento. No veían nada.

—¡Fuerzas de reserva, adelante! —gritó Boka.

La reserva se adentró en la nube de polvo y avanzó contra las filas atacantes. La infantería continuaba en la zanja sin hacer nada, a la espera del momento de intervenir. Desde las fortalezas llovían bombas sobre las líneas enemigas, y más de una daba incluso en la espalda de algún muchacho de la calle Pál.

—¡No importa! —gritaban—. ¡Adelante!

Se formó una inmensa nube de polvo. Cuando las bombas se acababan en alguna fortaleza, tiraban puñados de arena seca. Mientras, en el centro del terreno, a apenas veinte pasos de la trinchera, trapaleaban y se mezclaban los dos ejércitos, y en medio de la polvareda centelleaba aquí alguna camisa roja, allá una gorra rojiverde.

Sin embargo, este ejército estaba ya agotado, mientras que los de Feri Áts habían entrado en combate descansados. Por un momento dio la impresión de que los combatientes se acercaban más y más a la trinchera, lo cual significaba que los hombres de Boka no conseguían detener a los camisas rojas. Cuanto más se acercaban a las fortalezas, las bombas acertaban mejor. Barabás volvió a concentrarse en el jefe. Disparaba contra Feri Áts.

—¡Tranquilo! —gritaba—. ¡Cómetela! ¡Es sólo arena!

Parecía un ágil diablillo allá en el matacán de la fortificación. Sonreía y lanzaba alaridos al tiempo que se inclinaba como un rayo para coger más bombas. La reserva de Feri Áts en vano había traído arena en pequeñas bolsas. No podían recurrir a ella, puesto que todos los hombres eran imprescindibles en el combate. Por tanto, tiraron las bolsitas.

A todo esto, las dos cornetas sonaban al unísono, nerviosas, animantes: la de Kolnay desde lo alto de la choza; la del menor de los Pásztor desde la abigarrada multitud. Ya sólo se hallaban a diez pasos de la trinchera.

—Vamos, Kolnay —gritó Boka—, ¡ahora muestra lo que sabes! Métete en la zanja, no te preocupes por las bombas, y toca a rebato. Que la trinchera comience a disparar, y cuando se le acabe la arena, ¡que salga al ataque!

—¡Holahaló! —exclamó Kolnay y bajó de un salto de la choza. Esta vez no se arrastró, sino que corrió con la cabeza bien alta rumbo a la zanja. Boka le gritó algo todavía, pero su voz se perdió en medio del aporreo del infierno que tenía bajo los pies y de los continuos gritos y toques de corneta de los hombres de Feri Áts. Se limitó, pues, a seguirlo con la mirada, a comprobar si podía llevar el mensaje a la trinchera antes de que los camisas rojas vieran a los muchachos ocultos en la zanja.

De los combatientes se separó entonces una figura robusta y saltó hacia Kolnay. Lo agarró de la mano, y comenzaron a luchar. Se había acabado. Kolnay no pudo cumplir la orden.

—¡Iré yo! —exclamó desesperado Boka, que bajó también de un salto de la choza y corrió hacia la trinchera.

—¡Alto! —le gritó Feri Áts.

Tendría que haber aceptado el desafío del jefe enemigo, pero entonces habría puesto en riesgo todo. Por tanto, siguió corriendo rumbo a la zanja.

Feri Áts iba detrás de él.

—¡Eres un cobarde! —le gritaba—. ¡Huyes de mí! No te preocupes, ¡te alcanzaré!

Y lo alcanzó en el preciso instante en que Boka se metía de un salto en la trinchera. Sólo tuvo tiempo para ordenar a voz en cuello:

—¡Fuego!

Y Feri Áts, que venía de cara, recibió en el instante siguiente diez bombas a la vez en la camisa roja, en la gorra roja y también en el rostro enrojecido.

—¡Sois unos diablos! —gritó—. ¡Ahora disparáis desde debajo de la tierra!

Entonces, el ataque de la artillería se desarrollaba ya en toda la línea. Las fortalezas disparaban desde arriba, la trinchera desde abajo.

Remolineaba la arena, y nuevas voces se sumaban al alboroto. Hablaba también la trinchera, hasta entonces obligada a callar. Boka vio llegado el momento del ataque definitivo. Se puso en el extremo de la fila, de la que Kolnay se hallaba a dos pasos de distancia peleando con un camisa roja. Boka se plantó allí, cogió la bandera rojiverde, la alzó y dio la última orden:

—¡Todos al ataque! ¡Adelante!

Y, en efecto, un nuevo regimiento emergió del subsuelo. Se lanzaron al ataque, cuidándose mucho de no luchar dos contra uno. Avanzaron en fila cerrada contra los camisas rojas, empujándolos para alejarlos de la trinchera.

Barabás gritó desde la fortaleza:

—¡No queda arena!

—¡Bajad! ¡Al ataque! —respondió Boka corriendo. Manos y pies aparecieron entonces en las murallas de las fortalezas, y descendió la artillería. Era la segunda línea de batalla, que avanzó tras la primera.

El combate era encarnizado. Los camisas rojas, viéndose perdidos, no se atenían mucho al reglamento. Este sólo les sirvió mientras creyeron poder ganar luchando limpiamente. En ese momento, sin embargo, dejaron de lado todas las formalidades.

Esto era peligroso. Aguantaban mejor a pesar de ser en número la mitad de los muchachos de la calle Pál.

—¡A la choza! —gritó Feri Áts—. ¡Liberémoslos!

Todo el grupo, como si se hubiera dado la vuelta, empezó a apretar hacia la choza. Los de la calle Pál no estaban preparados para ello. Se les escapaba el ejército de los camisas rojas. Como cuando alguien clava un clavo y de repente se da cuenta de que este se ha torcido... Así torció hacia la izquierda la fila de atacantes. A la cabeza Feri Áts, corriendo como un poseso, con la esperanza del triunfo en la voz:

—¡Seguidme!

En ese momento, como si algo hubiera llegado rodando a sus pies, se detuvo de repente. Un cuerpecito infantil se plantó ante él procedente del costado de la choza. El jefe de los camisas rojas se paró de golpe y, tras él, los soldados de su ejército que chocaron entre sí.

Un muchachito estaba ante Feri Áts, un muchachito que no le llegaba ni a los hombros. Un niño rubio y delgadito levantó las manos, en gesto de obstaculizar el paso. Y su voz infantil gritó:

—¡Detente!

El ejército de la calle Pál, que se había acobardado por el repentino vuelco de los acontecimientos, exclamó al unísono:

—¡Nemecsek!

En ese instante, un muchachito rubio, de huesos finos, enfermo, agarró a Feri Áts y con un esfuerzo enorme, con toda la energía que la fiebre, la fiebre ardiente y latiente, y la inconsciencia permitían a ese pobre cuerpecito, derribó al estupefacto líder.

Acto seguido, él también se desplomó desmayado.

Fue el momento en que el orden dejó de existir entre los camisas rojas. Parecía que les hubieran cortado la cabeza: cuando cayó su jefe, su destino estaba sellado. Los muchachos de la calle Pál aprovecharon los instantes de desconcierto. Se cogieron de las manos, formaron una gran cadena y empujaron hacia fuera al atónito ejército.

Feri Áts se incorporó y con el rostro enrojecido por la ira miró alrededor. Le centelleaban los ojos. Se sacudió el polvo de la ropa y comprobó que se había quedado solo. Su ejército deambulaba perdido en torno a la puerta, mezclado con los victoriosos muchachos de la calle Pál, y él estaba allí, solo y derrotado. Junto a él yacía Nemecsek en el suelo.

Cuando echaron al último camisa roja por la puerta y la cerraron, los rostros expresaban el éxtasis del triunfo. Prorrumpieron en vivas, se oyeron gritos de júbilo. Boka acudió corriendo desde la serrería. Venía con el eslovaco. Traía agua.

Se reunieron en torno al pequeño Nemecsek, tumbado en el suelo, y un profundo silencio relevó los estruendosos vivas que acababan de oírse. Feri Áts permanecía aparte, lanzando sombrías miradas a los triunfadores. Los prisioneros seguían aporreando las paredes de la choza.

Pero ¿a quién interesaban?

Janó levantó con cautela a Nemecsek y lo acostó sobre el montón de tierra de la trinchera. Luego empezaron a limpiarle los ojos, la frente, la cara con agua. Al cabo de unos minutos, Nemecsek abrió los ojos. Miró alrededor con una lánguida sonrisa. Todo el mundo callaba.

—¿Qué pasa? —preguntó en voz baja.

Sin embargo, estaban todos tan emocionados que a nadie se le ocurrió responder a la pregunta. Lo miraban sin entender nada de nada.

—¿Qué pasa? —insistió, y se sentó sobre el montón de tierra.

Boka se le acercó.

—¿Estás mejor?

—Sí.

—¿No te duele nada?

—No.

Sonrió. Después preguntó:

—¿Hemos ganado?

Esta vez no callaron todos, sino que todos respondieron. Todas las bocas gritaron al unísono:

—¡Hemos ganado!

Nadie se interesaba por el hecho de que Feri Áts siguiera allí, al pie de una de las pilas de leña, mirando con cara seria, rabia contenida y pesadumbre la escena familiar de los muchachos de la calle Pál.

Boka habló:

—Hemos ganado, y al final a punto hemos estado de encontrarnos en una situación grave, y que esta no se produjera te lo debemos a ti. Si no hubieras aparecido de pronto entre nosotros y no hubieras sorprendido a Feri Áts, ellos habrían liberado a los prisioneros de la choza y no sé lo que habría ocurrido.

El rubiecito dio la impresión de enfadarse por estas palabras.

—No es verdad —dijo—, sólo me lo decís para que me alegre, sólo lo decís porque estoy enfermo.

Y se acarició la frente. Ahora que había vuelto la sangre a su rostro y volvía a estar rojo, se le notaba que la fiebre lo quemaba y lo consumía.

—Ahora mismo —dijo Boka— te vamos a llevar a casa. Venir ha sido ya bastante estúpido. No consigo entender cómo es que te lo han permitido tus padres.

—No lo han permitido. He venido por mi cuenta.

—¿Cómo eso?

—Mi padre se marchó; llevaba un traje a algún sitio para una prueba. Y mi madre se fue a la casa de una vecina para calentar mi caldo de comino, no cerró la puerta y me dijo que gritara si necesitaba algo. Y me quedé solo. Me incorporé en la cama y agucé el oído. No oía nada pero tenía la sensación de oír algo.

Zumbaba en mis oídos, se oían caballos, toques de corneta, gritos. Oí la voz de Csele que parecía gritar: «¡Ven, Nemecsek, que tenemos problemas!» Después te oí gritar a ti: «¡No vengas, Nemecsek, no te necesitamos porque estás enfermo! ¡Claro, podías venir cuando jugábamos a canicas y nos lo pasábamos bien, pero ahora que estamos combatiendo y perdiendo la batalla no vienes!» Estas fueron tus palabras, Boka. Yo te las oí decir. Y entonces me levanté de la cama. Me caí al levantarme precipitadamente, pues llevaba mucho tiempo acostado y estaba muy debilitado. Sin embargo, me incorporé y saqué la ropa del armario... y los zapatos, y me vestí rápidamente. Estaba ya ves-tido cuando entró mi madre. Al oír sus pasos, me metí de prisa en la cama con ropa y todo y me eché el edredón encima hasta la boca. Así no me veía vestido. Entonces mi madre dijo: «Sólo he venido a preguntarte si necesitas algo.» Y le respondí que no. Ella volvió a salir y yo me escapé de casa. Pero no soy un héroe, porque no sabía que fuese tan importante, sólo entré a luchar junto con los demás, pero cuando vi a Feri Áts, recordé que yo no estaba peleando junto con ustedes porque él me había mandado meterme en el agua fría y entonces me sentí muy desesperado y pensé: «Vamos, Ernő, ahora o nunca», y cerré los ojos y... y... me abalancé sobre él...

El rubiecito contó todo esto con tal pasión que quedó agotado. Empezó a toser.

—No sigas —dijo Boka—, ya nos lo contarás en otro momento. Ahora te vamos a llevar a tu casa.

Luego, con la ayuda de Janó, fueron sacando uno por uno a los prisioneros de la choza. Quitaron las armas a los que las llevaban. Y todos salieron tristes y de forma ordenada a la calle Mária. Y la pequeña chimenea de hierro pareció rebufar y escupir con un tono burlón. Y después empezó a chirriar la sierra de vapor, como si quisiera demostrar que era amiga del ejército vencedor de los muchachos de la calle Pál.

Feri Áts se quedó. Seguía al pie de una pila de leña, mirando al suelo. Kolnay y Csele se le acercaron, dispuestos a quitarle el arma.

Boka, sin embargo, les gritó:

—¡No toquéis al jefe!

Entonces se plantó ante Feri Áts.

—General —dijo—, ha combatido usted como un héroe.

El camisa roja lo miró con tristeza, como si le dijera: «¿De qué me sirven ahora tus elogios?»

Boka se volvió y dio la orden:

—¡Saludad!

Entonces callaron las voces en el ejército de la calle Pál. Todos se llevaron la mano a la visera. Ante ellos permanecía rígido Boka, también con los dedos en la visera. Y en el pobre Nemecsek se despertó el soldado raso. A duras penas logró levantarse sobre el montón de tierra y, tambaleándose, se cuadró como pudo y saludó. El pobre mostraba su respeto al causante de su grave enfermedad.

Y Feri Áts, después de devolver el saludo, se marchó. Se llevó su arma. Fue el único que pudo llevársela. Las demás, las célebres lanzas con las puntas de plata, las numerosas hachas de guerra plateadas indias estaban tiradas en un montón ante la entrada de la choza. Y en la fortaleza número tres se izó la bandera recuperada. Geréb se la había arrebatado a Szebenics en los momentos más intensos de la batalla.

—¿Está Geréb? —preguntó Nemecsek con los ojos abiertos de par en par por el asombro.

—Sí —respondió Geréb adelantándose.

El rubiecito lanzó una mirada inquisitiva a Boka. Y este le contestó:

—Está, y ha reparado su error. Y ahora mismo le devuelvo su rango de teniente.

Geréb se sonrojó.

—Gracias —dijo, y añadió en voz baja—: Pero...

—¿Pero qué?

Geréb prosiguió un tanto inseguro:

—Sé que no me corresponde, porque esto depende del general, pero... creo... según tengo entendido, Nemecsek sigue siendo un soldado raso...

Se produjo un profundo silencio. Geréb tenía razón. En medio de la enorme excitación el grupo entero había olvidado que la persona a la que debía todo por tercera vez seguía siendo un simple soldado raso.

—Tienes razón, Geréb —dijo Boka—. Ahora mismo lo arreglamos. Lo nombro solemnemente...

Pero Nemecsek lo interrumpió:

—No quiero que me nombres... No lo he hecho por eso... No he venido aquí por eso...

Boka quiso mostrarse riguroso. Le gritó:

—¡Lo importante no es por qué has venido sino qué has hecho una vez aquí! ¡Nombro solemnemente capitán a Ernő Nemecsek!

—¡Viva!

Todos gritaron a la vez. Y todos saludaron al nuevo capitán, incluso los tenientes y subtenientes; es más, a la cabeza estaba el mismísimo general, que se llevó la mano a la visera de una forma tan militar que parecía un soldado raso, y el pequeño rubio, un general.

Para asombro de todos, de repente apareció ante ellos una mujercita vestida con ropa humilde que se había acercado por el terreno.

—¡Jesús! —exclamó—. ¿Aquí estás? ¡Enseguida he sabido que vendrías aquí!

Era la madre de Nemecsek. La pobrecita lloraba, pues había buscado a su hijo enfermo por todas partes y había llegado allí para preguntar si sabían algo de él. Los muchachos la rodearon y acallaron las pocas voces que se habían alzado. La pobre mujer abrazó a su hijo, lo levantó, le puso su pañuelo alrededor del cuello y se lo llevó a casa.

—¡Acompañémoslos! —gritó Weisz, que no había abierto la boca hasta entonces.

La idea gustó a todos.

—¡Acompañémoslos! —gritaron todos, y rápidamente recogieron las cosas. Metieron las armas aprehendidas en la choza, y el ejército en pleno siguió a la pobre mujer, que llevaba a su hijo abrazado contra su cuerpo para darle un poco de calor y se dirigía de prisa a su casa.

En la calle Pál se formaron en doble fila y así la siguieron. El crepúsculo se posaba ya sobre ellos. Se habían encendido las farolas, y una fuerte luz se proyectaba desde las tiendas sobre los transeúntes. Las personas que iban apresuradas en pos de sus asuntos se detenían por un instante al ver ese curioso desfile que pasaba a su lado. Delante una mujercita rubia y delgada que se desplazaba rápido, con los ojos llorosos y abrazando a un niño al que sólo se le veía la nariz que sobresalía de un enorme pañuelo; y detrás, un ejército de muchachos que iban de dos en dos y con paso marcial, todos tocados con una gorra rojiverde.

Algunos incluso se sonrieron. Algún canalla incluso se rió de ellos en voz alta. Pero a ellos no les importaba. Hasta Csónakos, que normalmente castigaba tales risas en el acto y, si podía ser, sin contemplaciones, esta vez continuó tranquilamente entre los demás, sin preocuparse por esos alegres aprendices. Según su punto de vista, se trataba de un asunto tan serio y sagrado que no podía ser perturbado ni siquiera por el bribón más divertido del mundo.

Para la madre de Nemecsek, por su parte, ese ejército era menos importante que la menor de sus preocupaciones. En la puerta de la casita de la calle Rákos, sin embargo, se vio obligada a detenerse antes de entrar, pues su hijo se respingó y no hubo poder en el mundo capaz de hacerlo entrar. Se liberó del abrazo de su madre y se plantó ante los muchachos.

—¡Hasta luego! —dijo.

Los muchachos le dieron la mano uno por uno. Su mano ardía. Después desapareció con su madre en el oscuro portal. Una puerta se cerró de un golpe en el patio y una ventanita se iluminó. Se hizo silencio.

Los muchachos tomaron conciencia de que ninguno de ellos se movía de delante de aquella casa. Permanecían en silencio, miraban, echaban un vistazo al patio, a aquella ventanita iluminada tras la cual volvían a acostar al pequeño héroe en la cama. Al final, uno de ellos lanzó un suspiro muy triste. Csele preguntó:

—¿Qué pasará?

Dos o tres se encaminaron entonces por la callecita hacia la avenida Üllöi. Estaban todos cansados, exhaustos por la lucha. Un viento fresco recorría la calle, un fuerte viento primaveral que traía de las montañas el aliento glacial del deshielo.

Otro grupo también se puso en marcha, rumbo al barrio de Ferencváros. Al final sólo quedaron dos ante el portal: Boka y Csónakos. Este, intranquilo, esperaba a que Boka se marchara. Pero como Boka no se movía, le preguntó con tono humilde:

—¿Te vienes?

Boka le respondió en voz baja:

—No.

—¿Te quedas?

—Sí.

—Pues entonces... ¡hasta luego!

Y se marchó lentamente, arrastrando los pies. Boka lo siguió con la mirada y vio que de vez en cuando se volvía. Después desapareció en la esquina. Esa pequeña calle Rákos, situada modestamente junto a la ruidosa avenida Üllői por la que circula también el tranvía tirado por caballos, descansaba ahora en el silencio y la oscuridad. Únicamente el viento la recorría, azotando los cristales de las farolas de gas. Al producirse una ráfaga fuerte, iban tintineando una tras otra, como si las titilantes y temblorosas llamas se dieran señales. En ese momento sólo una persona estaba en aquella calle, János Boka, el general. Y cuando János Boka, el general, miró alrededor y comprobó que estaba solo, se le encogió el corazón tanto que János Boka, el general, se apoyó en la jamba de la puerta y estalló en un llanto de verdad, amargo, salido de lo más hondo del alma.

Tenía la sensación o, mejor dicho, era consciente de lo que nadie se atrevía a expresar. Veía que su soldado raso partía, en una muerte lenta y triste. Conocía el final y sabía que se produciría pronto. No le importaba ser un comandante en jefe victorioso, no le importaba no mostrarse, por primera vez, digno y viril en esos instantes, no le importaba haber sacado al niño que llevaba dentro. Sólo lloraba y repetía:

—Mi amiguito... mi dulce amiguito... mi dulce y buen capitán...

Pasó entonces un hombre y lo interpeló:

—¿Por qué lloras, muchachito?

Pero él no contestó. El hombre se encogió de hombros y siguió su camino. Después pasó una mujer pobre con un gran cesto; también se detuvo, pero no dijo nada. Se lo quedó mirando un rato y se marchó. Luego apareció un hombre bajito, que entró en el portal. Allí se volvió hacia Boka. Lo reconoció.

—¿Eres János Boka?

Boka lo miró.

—Soy yo, el señor Nemecsek.

Era el sastrecillo, que traía un traje sobre el brazo. Había estado en Buda, adonde había llevado el traje hilvanado. Este hombre sí comprendió a Boka. No le preguntó: «¿Por qué lloras, muchachito?», ni se lo quedó mirando, sino que se le acercó, agarró aquella inteligente cabeza entre las manos y lloró con él a más no poder. Tanto que despertó al general que había en Boka.

—No llore, señor Nemecsek —dijo al sastre.

El sastre se enjugó las lágrimas con el dorso de la mano e hizo con la otra un gesto en el aire. Como si dijera: «Ya todo da igual, pero al menos me he desahogado un poquito.»

—¡Que Dios te bendiga, hijito! —dijo al general—. ¡Y vete ahora a casa!

Y entró en el patio.

Entonces Boka también se enjugó las lágrimas y lanzó un profundo suspiro. Miró alrededor en la calle y se dispuso a marcharse a casa. Pero se le antojó que algo no lo soltaba. Sabía que no servía de nada, pero tuvo la sensación de que su seria y sagrada obligación en ese momento era quedarse y establecer la guardia de honor ante la casa de su soldado moribundo. Dio unos pasos ante el portal. Después se cruzó al otro lado, para contemplar la casita desde allí.

Se oyeron pasos en el silencio de la callejuela. «Algún trabajador regresa a casa», pensó, y continuó deambulando con la cabeza gacha en la otra acera. Estaba lleno de extraños pensamientos que jamás se le habían ocurrido hasta entonces. Pensaba en la vida y en la muerte. Y no encontró manera de orientarse en esa gran cuestión.

Los pasos se acercaron, pero dio la impresión de que lo hacían ya de una forma más pausada. Una sombra oscura avanzó con cautela a la vera de las casas y se detuvo delante de la de Nemecsek. Miró al interior. Entró un instante en el portal, pero volvió a salir. Se quedó quieta. Esperó. Empezó a deambular ante la casa, y cuando llegó a una de las farolas de gas, el viento le agitó los delanteros del abrigo. Boka miró. Bajo el abrigo resplandeció una camisa roja.

Era Feri Áts.

Los dos líderes se miraron de hito en hito. Por primera vez en sus vidas, se hallaban a solas, frente a frente. Se encontraron allí, ante esa triste casa. El uno, traído por su corazón; el otro, por su conciencia. No se dijeron ni una palabra. Se miraron. Luego, Feri Áts volvió a ponerse en movimiento, a deambular ante la casa. Iba y venía, durante mucho, mucho rato. Hasta que apareció el conserje procedente del oscuro patio para cerrar la puerta de entrada. Entonces Feri Áts se le acercó, se quitó el sombrero y le preguntó algo en voz baja. Llegó hasta Boka la respuesta del conserje:

—Mal.

Y cerró de golpe la grande y pesada puerta. El portazo rompió el silencio de la calle, pero el sonido se extinguió como el trueno entre las montañas.

Feri Áts se marchó lentamente. Se dirigió hacia la derecha. Boka también tenía que volver a su casa. Soplaba el frío viento; uno de los comandantes se fue, pues, hacia la derecha y el otro hacia la izquierda. En ese momento tampoco se dijeron nada.

Entonces se durmió por fin en la fresca noche primaveral la callecita, en la que el viento paseaba ya solo, señoreaba el entorno, sacudía el cristal de las farolas, hacía cacarear alguna veleta oxidada. Se filtraba por los resquicios, se introducía incluso en la pequeña habitación en la que un pobre sastrecillo estaba sentado a la mesa ante un trozo de tocino envuelto en papel de diario, cenando en silencio, y en la que un pequeño capitán jadeaba con el rostro ardiente, los ojos encendidos, tumbado en una camita. Hizo temblar la ventana, hizo titilar la llama de la lámpara de petróleo. La diminuta mujer tapó a su hijo:

—Sopla el viento, hijito mío.

El capitán, con una triste sonrisa, dijo con un susurro apenas audible:

—Viene del terreno. Viene de mi querido terreno...

Capítulo 9

Algunas páginas del libro de actas del club de la masilla:

ANOTACIÓN

En la asamblea de hoy se tomaron las siguientes decisiones, que quedan registradas en el libro de actas del club.

N° 1

En la página 17 del libro de actas figura una inscripción que reza así: *ernő nemecsek,* con minúsculas. Dicha inscripción queda solemnemente anulada. Porque dicha inscripción se basaba en un error, y la asamblea declara solemnemente que el club ofendió sin causa alguna al mencionado miembro y que este lo toleró con dignidad y participó como un auténtico héroe en la guerra, lo cual es un hecho histórico. El club declara, por tanto, que la susodicha inscripción es un fallo del club y que el notario escribirá el nombre de su miembro con letras mayúsculas exclusivamente.

Escribo solemnemente con letras mayúsculas:

ERNŐ NEMECSEK

Leszik,
notario, de su puño y letra

N° 3

La asamblea del club de la masilla agradece unánimemente a nuestro general János Boka por haber conducido la batalla de ayer como un comandante en jefe en los libros de historia y, como símbolo de nuestro respeto, hemos decidido que cada uno de los miembros del club de la masilla añada obligatoriamente al título «János Hunyadi»,[4] que figura en la página 168 del libro de historia, línea cuarta de arriba, las siguientes palabras: «y János Boka». Lo hemos determinado así porque a nuestro juicio lo merece el comandante en jefe, porque si él no hubiera actuado tan bien, los camisas rojas nos habrían vencido. Y todos están obligados a escribir con lápiz, en el capítulo dedicado a la «Derrota de Mohács»,[5] encima del nombre del arzobispo Tomori,[6] también derrotado, las palabras: «y Ferenc Áts».

4. János Hunyadi: héroe nacional húngaro del siglo XV. (*N. del e.*)
5. Se refiere a la derrota de los húngaros en la batalla contra los turcos que tuvo lugar en 1526 en la llanura de Mohács. (*N. del e.*)
6. El arzobispo Tomori fue el comandante de las tropas húngaras en la batalla de Mohács, en la que pereció. (*N. del e.*)

Después de que el general János Boka, a pesar de nuestras protestas, requisara por la fuerza el capital del club (24 céntimos) porque todos tenían que contribuir con lo que poseían a los objetivos militares y después de que se comprara sólo una corneta por un forinto y cuarenta céntimos, y eso que en el bazar Rőser se puede conseguir por sesenta o incluso cincuenta céntimos, pero se tuvo que comprar la más cara porque sonaba más fuerte, y como confiscamos a los camisas rojas su corneta de batalla, de manera que ahora contamos con dos cornetas sin necesitar ninguna, y si se necesitara, bastaría una, hemos decidido que el club pida la devolución del capital del club (24 céntimos), que el general venda la corneta en algún lugar, porque nosotros necesitamos el dinero (24 céntimos), y él ha prometido que sí.

Nº 5

El presidente del club, Pál Kolnay, recibe una amonestación de los miembros del club porque dejó que se secara la masilla. Como es preciso registrar la discusión en el libro de actas, registro la discusión en el libro de actas:

Presidente: No mastiqué la masilla porque estaba ocupado en la guerra.

Miembro Barabás: ¡Eso no es una excusa!

Presidente: Barabás siempre me está tomando el pelo, y yo lo llamo al orden, y mastico encantado la masilla porque sé lo que corresponde y por eso soy presidente, para masticarla según manda el reglamento, pero no dejo que me tomen el pelo.

Miembro Barabás: Yo no le tomo el pelo a nadie.

Presidente: ¡Que sí!

Miembro Barabás: ¡Que no!

Presidente: ¡Que sí!

Miembro Barabás: ¡Que no!

Presidente: Vale, tuya es la última palabra.

Miembro Richter: ¡Distinguido club! Propongo que registremos en el libro de actas una amonestación al presidente, puesto que no ha cumplido con sus obligaciones.

Los miembros: ¡Eso! ¡Eso!

Presidente: Yo sólo solicito que por esta vez el club me perdone, como mínimo porque ayer me batí bien, como un león feroz, y era el edecán y en medio del mayor peligro corrí hasta la trinchera y el enemigo me aplastó contra el suelo y yo sufrí por nuestro reino, así que ¿por qué he de sufrir ahora por no haber masticado la masilla?

Miembro Barabás: ¡Eso es otra cosa!

Presidente: ¡Que no!

Miembro Barabás: ¡Que sí!

Presidente: ¡Que no!

Miembro Barabás: ¡Que sí!

Presidente: Vale, tuya es la última palabra.

Miembro Richter: Pido que se acepte mi propuesta.

Club: ¡Se acepta! ¡Se acepta!

Lado izquierdo: ¡No se acepta!

Presidente: ¡Votemos!

Miembro Barabás: Pido votación nominal.

Se vota.

Presidente: El club declara por una mayoría de tres votos que se amoneste al presidente Pál Kolnay. Es una cabronada.

Miembro Barabás: El presidente no tiene derecho a decir groserías a la mayoría.

Presidente: ¡Que sí!

Miembro Barabás: ¡Que no!

Presidente: ¡Que sí!

Miembro Barabás: ¡Que no!

Presidente: Vale, tuya es la última palabra.

Como el orden del día no incluye más puntos, el presidente cierra la sesión.

Firmado:

Leszik,
notario, de su puño y letra

Kolnay,
presidente, de su puño y letra, el cual sigue diciendo que es una cabronada.

Capítulo 10

Reinaba un profundo silencio en la casita amarilla de la calle Rákos. Hasta sus habitantes, que solían reunirse para alborotadas charlas en el patio, pasaban de puntillas ante la puerta del sastre Nemecsek. Las criadas iban a sacudir la ropa y las alfombras al fondo del patio y procedían con suma discreción para que el enfermo no oyera ruido alguno. Si las alfombras hubieran podido reflexionar, se habrían preguntado por qué recibían ese día golpes tan suaves, en vez de los acostumbrados azotes...

Y los vecinos miraban también por la puerta de vidrio.

—¿Cómo está el niño?

Todos obtenían la misma respuesta:

—Mal, muy mal.

Las mujeres traían esto y aquello.

—Señora, acepte este buen vinito...

O:

—No se ofenda, pero le traigo este dulce...

La mujercita rubia, que con los ojos llorosos abría la puerta a esas vecinas de buen corazón, agradecía los regalos, pero desde luego no los podía utilizar mucho. A más de una le dijo:

—El pobrecito no me come, llevamos dos días en que apenas podemos darle unas cucharadas de leche.

A las tres de la tarde volvió el sastre a casa. Traía trabajo de la tienda. Abrió la puerta de la cocina con cautela y ni siquiera preguntó nada a su esposa.

Sólo la miró. Y ella lo miró a él. Se entendieron con las miradas. Estaban en silencio el uno frente al otro, y el sastre ni siquiera dejó los abrigos que traía en el brazo.

Luego entraron de puntillas en la habitación en la que el niño yacía en la cama. Desde luego, mucho había cambiado el antaño alegre soldado raso de la calle Pál, ahora triste capitán. Había adelgazado, le había crecido el pelo, tenía la cara chupada. No estaba pálido; quizá fuese eso precisamente lo triste, que sus mejillas siguieran rojas como siempre. Pero no era un color sano, sino la irradiación de un fuego interno que llevaba días consumiéndolo sin cesar.

Se detuvieron junto a la cama. Era gente sencilla y humilde que había pasado por múltiples vicisitudes y tribulaciones; no se deshacían, pues, en lamentos. Se limitaron a quedarse ahí de pie, con la cabeza gacha. Después, el sastre preguntó en voz muy baja:

—¿Duerme?

La mujer ni siquiera se atrevió a responder de palabra, sino que se limitó a asentir con la cabeza. Porque el niño yacía en la cama de tal manera que no podía saberse si dormía o estaba despierto.

Se oyó que alguien llamaba discretamente a la puerta que daba al patio:

—Será el doctor —susurró la mujer.

El marido le dijo:

—¡Ábrele!

La mujer salió y abrió la puerta. Boka estaba en el umbral.

La mujercita esbozó una melancólica sonrisa al ver al amigo de su hijito.

—¿Puedo entrar?

—Sí, hijo.

Entró.

—¿Cómo está?

—De ninguna manera.

—¿Mal?

Ni siquiera esperó la respuesta, sino que entró en la habitación. La mujer lo siguió. Eran ya tres junto a la cama, mudos los tres. Y mientras permanecían allí, el enfermito, como si hubiera percibido que lo miraban, que callaban por él, abrió poco a poco, quietamente, los ojos. Primero miró a su padre con una tristeza enorme; luego a su madre. Cuando finalmente vio a Boka, se sonrió. Con voz débil, apenas audible, le dijo:

—¿Estás aquí, Boka?

Boka se acercó a la cama.

—Aquí estoy.

—¿Y te quedas?

—Sí.

—¿Hasta mi muerte?

Boka no supo qué contestar. Sonrió a su amigo y luego volvió la mirada hacia la madre, como pidiendo consejo. La mujer ya se había dado la vuelta y se había llevado la punta del delantal a los ojos.

—Estás diciendo tonterías, hijo mío —dijo el sastre, y se aclaró la garganta—. ¡Ejem! ¡Ejem! Tonterías...

Ernő Nemecsek, sin embargo, ni siquiera prestó atención a estas palabras. Miró a Boka y señaló al padre con un gesto de la cabeza.

—Estos no lo saben —dijo.

Entonces Boka también habló:

—Claro que lo saben. Lo saben mejor que tú.

Nemecsek se movió, consiguió levantar la cabeza de la almohada y se incorporó en la cama. No toleraba que le ayudaran. Levantó un dedo y dijo con tono serio:

—No creas lo que dicen, porque lo dicen en broma. Yo sé que me voy a morir.

—No es verdad.

—¿Has dicho que no es verdad?

—Sí.

Lo miró con gesto serio.

—¿Así que estoy mintiendo?

Le pidieron que no se enfadara pues nadie lo acusaba de mentir. Él, sin embargo, se mostró severo y ofendido porque no le creían. Puso cara de autoridad y declaró:

—¡Te doy mi palabra de que me muero!

La esposa del conserje introdujo la cabeza por la puerta.

—Señora... el doctor.

Entró el médico, y todos lo saludaron con sumo respeto. Era el doctor un hombre sumamente estricto. No pronunció ni una palabra. Asintió con gesto adusto y se encaminó directamente hacia la cama. Agarró la mano del muchacho y le acarició la frente. Después acercó el oído a su pecho y se quedó escuchando. La mujer no se aguantó y preguntó:

—Por favor... señor doctor... ¿está peor?

El médico pronunció su primera palabra:

—No.

Eso sí, lo dijo de una manera muy extraña: sin mirar a la mujer. Después cogió el sombrero y se dispuso a marcharse. El sastre corrió solícitamente a abrirle la puerta.

—Lo acompaño, señor doctor.

Cuando estaban en la cocina, el médico indicó con la mirada al sastre que cerrara la puerta de la habitación. El pobre sastre intuyó lo que podía significar que el doctor quisiera hablar con él a solas. Cerró la puerta. En ese momento, la expresión del médico parecía más amable.

—Señor Nemecsek —le dijo—, es usted un hombre joven y puedo hablarle con sinceridad.

El sastre inclinó la cabeza.

—Este niño no llegará al amanecer. Quizá ni siquiera a la noche.

El sastre no se movió. Sólo al cabo de unos instantes empezó a asentir con la cabeza.

—Lo digo —prosiguió el doctor— porque es usted un hombre pobre, y sería grave que el golpe le llegara de forma inesperada. Es decir... sería bueno que... que se ocupara... se ocupara pues... pues de las cosas de las que uno acostumbra a ocuparse en estos casos...

Se quedó mirando un ratito al sastre y luego de repente le puso la mano sobre el hombro.

—¡Que Dios lo bendiga! Dentro de una hora volveré a pasar.

El sastre ya no escuchó estas palabras. Se quedó mirando las baldosas recién fregadas de la cocina. Ni siquiera se percató de que el médico se marchó. Sólo le daba vueltas en la cabeza la idea de que tenía que ocuparse de algo. Ocuparse de las cosas de las que uno acostumbra a ocuparse en estos casos. ¿Qué quería decir el doctor? ¿No se habría referido al ataúd?

Entró tambaleándose en la habitación y se sentó en una silla. No hubo manera de sonsacarle una palabra; en vano se le acercó su esposa.

—¿Qué ha dicho el doctor?

Él asentía con la cabeza, no hacía más que asentir con la cabeza.

En ese momento, una sensación de alegría pareció inundar el rostro del muchachito. Se volvió hacia Boka.

—Oye, János, ¡ven para aquí!

Boka se le acercó.

—Ven, siéntate en el borde de mi cama. ¿Te atreves?

—¡Claro que me atrevo! ¿Por qué no voy a atreverme?

—Porque a lo mejor temes que se me ocurra morirme justo cuando estás sentado en mi cama. Pero no temas eso, cuando sienta que me voy a morir, te avisaré.

Boka se sentó a su lado.

—A ver, ¿qué quieres?

—Oye —dijo el muchachito, rodeándole el cuello con los brazos y hablándole al oído como si le comunicara un secreto—, ¿qué pasó con los camisas rojas?

—Los derrotamos.

—¿Y después?

—Después se fueron al Jardín Botánico y celebraron una reunión. Esperaron hasta altas horas de la noche, pero Feri Áts no llegó. Se aburrieron de tanto esperar y se marcharon a casa.

—¿Y por qué no fue Feri Áts?

—Porque le dio vergüenza. Y sabía que lo iban a destituir por haber perdido la batalla. Después han vuelto a celebrar una reunión hoy después de almorzar. Esta vez Feri Áts sí acudió. Anoche lo vi aquí delante de tu casa.

—¿Aquí?

—Sí, y preguntó al conserje si te encontrabas mejor.

Nemecsek se sintió muy orgulloso. No podía creerse lo que oía.

—¿Él en persona?

—Él en persona.

Le sentó bien. Boka continuó:

—Pues, como te decía, celebraron una reunión en la isla y armaron un alboroto enorme. Se enzarzaron en discusiones terroríficas porque todos querían destituir a Feri Áts y sólo dos lo apoyaban: Wendauer y Szebenics. Y los Pásztor lo atacaron mucho porque el mayor de ellos quería ser el jefe. Y acabó con que lo destituyeron y eligieron al mayor de los Pásztor como jefe. Pero ¿sabes qué ocurrió?

—¿Qué?

—Pues que cuando por fin callaron y tenían ya al nuevo jefe, apareció en la isla el vigilante del Jardín Botánico y les dijo que el director no toleraba más tanto alboroto y los expulsaba del jardín. Se clausuró la isla. Se instaló una puerta en el puente.

El capitán se rió a su gusto.

—¡Vaya, esto es bueno! —dijo—. ¿Y cómo lo sabes?

—Me lo contó Kolnay. Me he encontrado con él ahora que venía para aquí. Él iba al terreno, pues el club de la masilla vuelve a celebrar una asamblea.

El muchachito volvió la cabeza al oír estas palabras.

Dijo en voz baja:

—Ya no los quiero. Escribieron mi nombre con minúsculas.

Boka se apresuró a tranquilizarlo:

—Ya lo han corregido. No sólo lo han corregido, sino que han apuntado tu nombre todo con letras mayúsculas en el libro de actas.

Nemecsek sacudió la cabeza.

—No es verdad. Me lo dices porque estoy enfermo y quieres consolarme.

—No lo digo por eso. Lo digo porque es verdad. Te doy mi palabra que es verdad.

El pequeño rubio volvió a alzar ese dedito que parecía un hilo.

—Y ahora das tu palabra por una mentira para consolarme.

—Pero...

—¡Calla!

Le gritó. Él, el capitán, ¡al general! Le gritó en el sentido estricto del término, lo cual habría significado un delito terrible en el terreno, pero allí no lo era. Boka lo toleró con una sonrisa.

—Vale —dijo—, si no me crees, ya te cerciorarás con tus propios ojos. Han elaborado un documento solemne para ti y ahora mismo te lo traerán. Vienen para aquí.

El rubiecito, sin embargo, seguía sin creerlo.

—Lo creeré cuando lo vea.

Boka se encogió de hombros. Dijo para sus adentros: «Mejor que no lo crea, así será tanto más grande su alegría cuando los vea.»

No obstante, al referirse a este asunto alteró sin querer al enfermo. La injusticia cometida contra él por el club de la masilla dolía muchísimo al pobrecillo. Empezó a excitarse.

—Mira —dijo—, lo que ellos hicieron conmigo fue algo muy feo.

Boka ya no quiso responder, pues temía inquietarlo todavía más. Nemecsek le preguntó:

—¿Verdad que tengo razón?

Y entonces él lo tranquilizó:

—Pues sí, tienes razón.

—Y eso que —prosiguió Nemecsek incorporándose—, y eso que luché por ellos como por los demás, para que ellos también se quedaran con el terreno, consciente de que no luchaba por mí, porque yo ya no volveré a ver el terreno.

Calló. La terrible idea de no volver a ver el terreno le bullía en la cabecita. Era un niño. Habría dejado encantado todo cuanto había en este mundo con tal de no dejar el terreno, su «querido terreno». Y sucedió por primera vez en el curso de su enfermedad que unas lágrimas asomaron a sus ojos al pensar en esa posibilidad. Sin embargo, no lo conmovió la tristeza, sino una rabia impotente contra ese poder que no le permitía volver a la calle Pál, a las pilas de leña, a la choza. Recordó entonces la serrería, la cochera, las dos grandes moreras a las que solía arrancar hojas para Csele, porque Csele criaba gusanos de seda en su casa y estos necesitaban las hojas de la morera y porque Csele era un dandi y le daba pena estropear su elegante ropa trepando a los árboles y por eso lo mandaba a él a los árboles, porque era el soldado raso. Evocó la larguirucha chimenea de hierro que rebufaba alegremente y mandaba al cielo azul níveas nubecitas de vapor que en un dos por tres se disipaban y se convertían en nada. Y dio la impresión de que llegaba hasta la cama el familiar rechinido que emitía la sierra cuando atacaba los leños y los cortaba.

Se le puso roja la cara, se le iluminaron los ojos. Gritó:

—¡Quiero ir al terreno!

Y como nadie reaccionó a su grito, lo repitió, pero esta vez con un tono desafiante y exigente:

—¡Quiero ir al terreno ya!

Boka lo agarró de la mano:

—Ya irás la semana que viene, cuando te mejores.

—¡No! —insistió—. ¡Quiero ir ahora! ¡Ahora mismo! ¡Dadme mi ropa y me pondré la gorra de los muchachos de la calle Pál!

Metió la mano bajo la almohada y sacó con expresión triunfal la gorra rojiverde aplastada y arrugada de la que no se había separado en ningún momento. Se la puso.

—¡Dadme mi ropa!

Su padre le respondió con tono triste:

—Cuando te mejores, Ernő.

Sin embargo, no había ya manera de pararlo. Gritaba con toda la fuerza que le permitían los pulmones enfermos:

—¡Yo no me voy a mejorar!

Y después de que dijera esto con tono imperativo, nadie se atrevió a contradecirle.

—¡No me voy a mejorar! —insistió—. Me mentís porque sé perfectamente que me voy a morir, y me voy a morir donde me dé la gana. ¡Quiero ir al terreno!

Eso era imposible, claro. Todos se le acercaron, tratando de convencerlo, de acallarlo, de darle explicaciones:

—Ahora no se puede...

—El tiempo está feo...

—Será la semana que viene...

Y volvieron a aparecer esas palabras tristes que apenas se atrevían ya a pronunciar ante su inteligente mirada:

—Cuando te mejores...

Sin embargo, las frases acababan todas refutadas, una por una. Cuando se referían al mal tiempo, el sol iluminaba radiante el pequeño patio, ese sol primaveral potente y animante que le daba vida a todo pero que no podía devolver la vida a Ernő Nemecsek.

La fiebre realmente inundó al muchachito. Agitaba los brazos como un loco, tenía la cara rubicunda, se ensancharon las ventanas de su pequeña nariz.

—¡El terreno —gritó— es todo un reino! ¡Vosotros no lo sabéis porque no habéis luchado nunca por la patria!

Llamaron entonces a la puerta. La mujer salió.

—Oye —dijo a su marido—, es el señor Csetneky.

El sastre salió a la cocina. El señor Csetneky era un funcionario del ayuntamiento que encargaba sus trajes a Nemecsek. Al ver al sastre, lo interpeló nervioso:

—¿Qué pasa con mi traje cruzado de color marrón?

Se oía un triste discurso procedente del cuarto:

—Y sonaba la corneta... Y el terreno era todo polvo... ¡Al ataque! ¡Al ataque!

—Por favor —dijo el sastre—, si quiere, puede probárselo el caballero, pero le ruego lo haga aquí en la cocina... porque, usted disculpe... mi hijito está muy enfermo... está en la cama allí dentro...

—¡Al ataque! ¡Al ataque! —gritaba desde la habitación la voz ronca de un niño—. ¡Seguidme! ¡Todos al asalto! ¿Veis allí a los camisas rojas? A la cabeza Feri Áts con la lanza de plata... Ahora mismo me tirarán al agua...

El señor Csetneky aguzó el oído.

—¿Qué es eso?

—El pobrecillo está gritando.

—Pero ¿por qué grita si está enfermo?

El sastre se encogió de hombros.

—Es que ya no está enfermo, señor... Está en las últimas... La criatura delira...

Trajo de la habitación la chaqueta cruzada de color marrón, hilvanada con hilo blanco. Cuando abrió la puerta, se oyó procedente del cuarto:

—¡Silencio en la trinchera! ¡Ojo! Ahora vienen... ¡ya han llegado! ¡Corneta, a tocar!

Juntó las manos a modo de bocina:

—¡Tatatá!... ¡Taratatá!

Y gritó a Boka:

—¡Tú también... a tocar!

Y Boka se vio obligado a juntar las manos a modo de bocina, y entonces ya eran dos los que tocaban la corneta: una vocecita débil, ronca, cansada y otra sana que, sin embargo, sonaba igual de triste. Se le había hecho un nudo en la garganta, pero Boka aguantó, aguantó como un hombre y fingió alegrarse de tocar la corneta.

—Lo siento —dijo el señor Csetneky, que se había quedado en mangas de camisa—, pero yo necesito mucho el traje marrón.

—¡Tataratá, tataratá! —se oyó desde la habitación.

El sastre le puso la chaqueta. Y empezó a hablar en voz baja:

—No se mueva, por favor.

—Me estira bajo el brazo.

—Sí, señor.

(—¡Tataratá, tataratá!)

—Este botón está muy arriba, y este cósalo más alto porque me gusta que el planchado se note bien sobre el pecho.

—Sí, señor.

(—¡Todos al ataque! ¡Adelante!)

—Y la manga todavía me parece demasiado corta.

—No lo creo.

—Pues ¡mírelo bien! Todas sus chaquetas le quedan cortas de manga, ¡ese es su problema!

«¡No es ese mi problema!», pensó el sastre y marcó con tiza la manga de la chaqueta.

Mientras, en la habitación crecía el alboroto.

—¡Jajá! —exclamaba una voz infantil—. ¿Conque has llegado? ¡Ahora estás ante mí! ¡Por fin te he pillado, terrorífico jefe! ¡Ya verás! ¡Vamos a ver quién es el más fuerte!

—Y póngale algodón —dijo el señor Csetneky—. Un poco en el hombro, y un poquito aquí en el pecho, a derecha y a izquierda. (—¡Paf! ¡Te he tirado al suelo!)

El señor Csetneky se quitó la chaqueta marrón y el sastre le ayudó a ponerse la otra, la que traía puesta al llegar.

—¿Cuándo estará?

—Pasado mañana.

—Vale. Pero póngase manos a la obra, no quiero que me entregue el traje otra vez con dos semanas de retraso. ¿O tiene otros trabajos?

—¡Con tal que mi hijo no estuviera enfermo, señor!

El señor Csetneky se encogió de hombros.

—Es muy triste, lo siento mucho, pero ya le digo, necesito el traje, lo necesito con mucha urgencia. ¡Póngase a trabajar ya!

El sastre suspiró.

—Lo haré.

—¡Hasta luego! —dijo el señor Csetneky y se marchó contento. Desde la puerta todavía le dijo en voz alta—: ¡Y manos a la obra!

El sastre cogió la hermosa chaqueta color marrón y pensó en las palabras del médico. De lo que uno acostumbra a ocuparse en estos casos: de eso tenía que ocuparse. Pues bien, se pondría a trabajar en el acto. Quién sabía para qué necesitaría el dinero que recibiría por esa chaqueta marrón. Tal vez iría a parar al carpintero aquel que fabricaba los ataúdes pequeños. Y el señor Csetneky exhibiría con orgullo su nuevo traje por el paseo de la ribera del Danubio.

Regresó a la habitación y enseguida empezó a coser. Ni siquiera miró hacia la cama, sino que cogió rápidamente el hilo y la aguja para acabar cuanto antes el trabajo, que, lo mirara como lo mirara, era urgente. Lo necesitaba el señor Csetneky y quizá también el carpintero.

En ese momento, ya no se podía aguantar al pequeño capitán. Sacó fuerzas de flaqueza y se puso en pie sobre la cama. Su camisoncito le llegaba a los tobillos. Con garbo llevaba la gorra rojiverde al bies sobre la cabeza. Saludó militarmente. Hablaba con la voz enronquecida y su mirada se perdía en el vacío.

—Mi general, le comunico con todos mis respetos que he tumbado al suelo al jefe de los camisas rojas y solicito el ascenso. ¡Miradme como a un capitán! He luchado por la patria y he muerto por la patria. ¡Tataratá! ¡Tataratá! ¡Toca, Kolnay!

Agarró con una mano el cabecero de la cama.

—¡Disparad, fortalezas! ¡Jajá! ¡Ahí está Janó! ¡Ojo, Janó! ¡A ti también te nombrarán capitán, Janó! ¡No escribirán tu nombre con letras minúsculas, no! ¡Qué asco! ¡Sois unos muchachos duros de corazón! ¡Me envidiabais porque Boka me quería a mí y porque su amigo era yo, no vosotros! ¡El club de la masilla es una soberana estupidez! ¡Me borro! ¡Me borro del club! —Y entonces agregó en voz baja:— Solicito que quede registrado en el libro de actas.

El sastre, sentado a una mesita baja, no veía ni oía nada. Sus dedos huesudos iban y venían por la tela de la chaqueta; centelleaban la aguja y el dedal. Por nada en el mundo estaba dispuesto a mirar hacia la cama. Temía que, si miraba hacia allí, de repente se le irían las ganas de todo, tiraría la elegante chaqueta del señor Csetneky al suelo y se desplomaría junto a su hijo.

El capitán se sentó en la cama y se quedó mirando en silencio el edredón.

Boka le preguntó en voz baja:

—¿Estás cansado?

No respondió. Boka lo tapó. La madre le arregló la almohada bajo la cabeza.

—Ahora calla un poquito. Descansa.

El niño miró a Boka, pero se notaba en su mirada que no lo veía. Puso una cara de asombro. Le dijo:

—Papá...

—No, no —respondió con voz apagada el general—, no soy tu papá... ¿No me reconoces? Soy János Boka.

El enfermo repitió con voz agotada, sin sentido:

—Yo... soy... János... Boka... —Se hizo un prolongado silencio. El niño cerró los ojos y lanzó un largo y profundo suspiro, como si el dolor de todos los hombres tristes del mundo se hubiera alojado de pronto en su alma.

No se oía el vuelo de una mosca.

—A lo mejor se dormirá —susurró la mujercita rubia, que apenas se tenía en pie después de tantas horas en vela.

—Dejémoslo —respondió en voz apenas audible Boka.

Se apartaron y se sentaron en un sofá verde y raído. El sastre dejó de trabajar, puso la chaqueta sobre las rodillas e inclinó la cabeza sobre la mesa bajita. Callaban. Reinaba un silencio somnoliento; pasaba un ángel.

De repente se filtraron voces infantiles procedentes del patio. Como si hubiera muchos niños en el exterior, hablando en voz baja. De pronto, a Boka le llamó la atención una palabra que le resultaba familiar. Oyó un nombre pronunciado en un murmullo:

—Barabás.

Se levantó y salió de puntillas de la habitación. Al abrir la puerta de vidrio de la cocina y salir al patio, vio rostros conocidos. Un montón de muchachos de la calle Pál se agolpaban tímidamente en las inmediaciones de la puerta.

—¿Sois vosotros?

—Sí —respondió susurrando Weisz.

—Aquí está todo el club de la masilla.

—¿Qué queréis?

—Le hemos traído un documento solemne escrito con tinta roja en el que se declara que el club le pide perdón y que hemos puesto su nombre todo con letras mayúsculas. Y aquí está el libro de actas. Y aquí está toda la embajada.

Boka sacudió la cabeza:

—Vaya, ¿y no pudisteis venir antes?

—¿Por qué?

—Porque está durmiendo.

Los miembros de la embajada se miraron.

—No hemos podido venir antes porque se suscitó una gran discusión por ver quién presidía la embajada. Tardamos media hora en elegir a Weisz.

Apareció la madre en el umbral.

—No duerme —dijo—, está delirando.

Los muchachos permanecían rígidos. Estaban todos asombrados.

—Entrad, muchachitos —dijo la mujer—, a lo mejor el pobrecillo recobra la conciencia al veros.

Y les mantuvo abierta la puerta. Entraron uno por uno, cohibidos, respetuosos, como si entraran en una iglesia. Se habían quitado ya las gorras. Y cuando se cerró la puerta suavemente tras el último, todos se pusieron en el umbral de la habitación, mudos, reverentes, con los ojos abiertos de par en par. Miraban al sastre, miraban la cama. El sastre no levantó tampoco en ese momento la cabeza, que tenía apoyada sobre los brazos en silencio. No lloraba. Sin embargo, estaba muy cansado. Mientras, en la cama yacía con los ojos abiertos el capitán, que respiraba pesadamente, profundamente, entreabriendo los delicados labios. No reconoció a nadie. Tal vez veía ya cosas que no pueden verse con la mirada terrenal.

La mujer empujó hacia delante a los muchachos:

—Acercaos.

Les costaba avanzar. Los unos animaban a los otros.

—Entra.

—Tú primero.

Barabás intervino:

—Tú presides la embajada.

Weisz se acercó entonces muy poco a poco a la cama. Los demás lo siguieron con sigilo. El niño ni siquiera los miró.

—Habla —susurró Barabás.

Y Weisz empezó con voz temblorosa:

—Oye... Nemecsek...

Nemecsek, sin embargo, no lo oyó. Jadeaba, con la vista clavada en la pared.

—¡Nemecsek! —insistió Weisz, y se le hizo un nudo en la garganta. Barabás le susurró al oído:

—¡No llores!

—No lloro —respondió Weisz, contento de poder pronunciar estas palabras sin anegarse en llanto.

Después se serenó.

—¡Distinguido señor capitán! —comenzó el discurso, y extrajo un papel del bolsillo—. Solemnemente declaramos... y yo como presidente... en nombre del club... porque nos equivocamos... y todos te pedimos ahora perdón... y en este documento solemne... aquí está todo escrito...

Se volvió hacia atrás. Dos lágrimas asomaron a sus ojos. Sin embargo, por nada en el mundo estaba dispuesto a renunciar al tono oficial, la mayor satisfacción de todos ellos.

—Señor notario —dijo—, deme el libro de actas de la asociación.

Leszik se lo entregó solícitamente. Weisz lo apoyó con delicadeza en el borde de la cama y lo abrió en la página que contenía la «Anotación».

—Mira —dijo al enfermo—, es esto.

Los ojos del enfermo, sin embargo, se cerraron poco a poco. Esperaron. Weisz volvió a hablar:

—Mira.

No respondió. Todos se acercaron a la cama. Temblando, la madre se abrió paso entre los muchachos. Se inclinó sobre el niño.

—Oye —dijo a su marido con una voz extraña, asombrada, temblorosa—, no respira...

Apoyó la cabeza sobre el pecho del enfermo.

—¡Oye! —gritó, sin importarle que hubiera gente a su alrededor—. ¡No respira!

Los muchachos retrocedieron. Se quedaron en un rincón de la pequeña habitación, muy pegados los unos a los otros. El libro de actas del club cayó de la cama, abierto tal como lo había dejado Weisz.

La mujer hablaba ya a grito herido:

—¡Oye! ¡Tiene las manos heladas!

Y en el profundo y asfixiante silencio que se produjo a continuación se pudo oír que el sastre, que había permanecido mudo e inmóvil sentado en su taburete, con la cabeza apoyada en los brazos, de repente empezó a sollozar. Lo hizo de forma apenas audible, como suelen los hombres serios, adultos. Y sacudía los hombros mientras lloraba. Y a todo esto, el pobre no se desentendió de la hermosa chaqueta marrón del señor Csetneky, puesto que la dejó caer de las rodillas para no verter las lágrimas sobre ella. La mujer, a su vez, abrazaba y besaba a su hijito muerto. Después se arrodilló junto a la cama, ocultó la cara en la almohada pequeña y también se echó a sollozar. Ernő Nemecsek, secretario del club de la masilla, capitán del terreno de la calle Pál, yacía boca arriba, blanco como la pared, en eterno silencio y con los ojos cerrados, y era ya seguro que no veía ni oía nada de cuanto ocurría a su alrededor, porque los ángeles habían venido a buscar la vista y el oído del capitán Nemecsek y se los habían llevado adonde escuchan una dulce música y ven un brillo esplendoroso aquellos que son como el capitán Nemecsek.

—Hemos llegado tarde —susurró Barabás.

Boka estaba en el centro de la habitación, con la cabeza gacha. Hacía unos minutos, sentado al borde de la cama, apenas había podido contener el llanto. En ese momento, sin embargo, percibió asombrado que no asomaban lágrimas a sus ojos, que no podía llorar. Después miró alrededor, con una insondable sensación de vacío en su interior. Vio a los muchachos reunidos en un rincón. A la cabeza estaba Weisz y tenía en la mano el documento solemne que Nemecsek ya no había podido ver.

Se les acercó.

—Volved ahora a casa.

Y ellos, pobrecitos, casi se alegraron de poder marcharse, alejarse de esa habitación pequeña y extraña en que su compañero yacía muerto en la cama. Salieron uno tras otro mansamente del cuarto a la cocina y de allí al patio iluminado por el sol. Atrás se quedó Leszik. Lo hizo a propósito. Cuando estaban ya todos fuera, se acercó de puntillas a la cama y sin hacer ruido recogió del suelo el libro de actas. Echó un vistazo a la cama y al pequeño capitán, tan quieto.

Después volvió a reunirse con los demás en el soleado patio en cuyos endebles arbolitos cantaban los pájaros, los jóvenes y alegres gorrioncitos. Los muchachos los contemplaban. No entendían nada. Sabían que su compañero había muerto, pero no comprendían el significado. Se miraban pasmados los unos a los otros como alguien que contempla atónito algo muy extraño e incomprensible, algo que ve en ese momento por primera vez en su vida.

Al anochecer, Boka salió a la calle. Tendría que haber estudiado puesto que el día siguiente se presentaba difícil. Los deberes de latín eran muchos. Además, estaba convencido de que el profesor Rácz lo haría salir a la pizarra, pues hacía tiempo que no le tocaba. Sin embargo, no tenía ganas de estudiar. Apartó el libro y el diccionario y salió de casa.

Deambuló por las calles sin rumbo. De alguna manera evitaba la zona familiar para los muchachos de la calle Pál. Le afligía la idea de tener que volver a ver el terreno en ese día tan triste.

No obstante, adondequiera que fuera, algo siempre le recordaba a Nemecsek.

La avenida Üllői...

Por allí caminaron Nemecsek, Csónakos y él cuando fueron a espiar al Jardín Botánico...

La calle Köztelek...

Recordó aquel mediodía después de clase cuando se encontraron en medio de esa callecita y Nemecsek explicó con suma seriedad cómo le habían quitado los Pásztor las canicas en los jardines del Museo. Y Csónakos se acercó a la fábrica de tabaco y aspiró un poco de aquel polvo depositado en la reja de hierro de la ventana del sótano. ¡Cómo estornudaron!

Los alrededores del Museo...

Allí también se volvió atrás. Y sentía que cuanto más evitaba el terreno, más lo atraía hacia allí un sentimiento de dolor. Y cuando de pronto decidió ir al terreno, de forma directa, sin rodeos, con valentía, una sensación de alivio se posó en su alma. Se dio prisa para llegar cuanto antes. Y cuanto más se acercaba al reino de los muchachos, mayor era la calma que lo inundaba. En la calle Mária la percibía con tanta claridad que echó a correr para llegar lo antes posible. Al alcanzar la esquina en el atardecer cada vez más oscuro y al ver la valla gris que tan familiar le resultaba, sintió un vuelco en el corazón. Tuvo que detenerse. Ya no tenía por qué correr, ya estaba en el lugar. Se acercó a paso lento al terreno, cuya portezuela estaba abierta. Janó fumaba en pipa ante la puerta, apoyado en la valla. Al ver a Boka, le saludó con una sonrisa:

—¡Les *derotamos*!

Boka respondió con una sonrisa triste. Janó, sin embargo, se entusiasmó:

—¡Les *derotamos*!... ¡Les echamos!... ¡Les *espulsamos*!...

—Sí —dijo en voz baja el general.

Se paró ante el eslovaco, calló un ratito y luego dijo:

—¿Sabe, Janó, lo que ha ocurrido?

—¿Qué?

—Que ha muerto Nemecsek.

El eslovaco se quedó estupefacto. Se quitó la pipa de la boca.

—¿Quién era ese Nemecsek? —preguntó.

—El rubiecito.

—Vaya —dijo el eslovaco y se volvió a poner la pipa entre los labios—. Pobrecico.

Boka entró por la puerta. En silencio descansaba ante él ese trozo de terreno urbano grande y desierto, testigo de tantas horas de alegría. Lo atravesó lentamente y llegó hasta la trinchera. Todavía se veían las señales del combate en la zanja. La arena estaba llena de huellas. Partes del montón de tierra habían sido aplastadas cuando los muchachos salieron de la zanja dispuestos a atacar.

Las pilas de leña se alzaban oscuras, negras, la una al lado de la otra; y en lo alto, las fortalezas cuyas murallas estaban cubiertas por su pólvora: la arena.

El general se sentó sobre el montón de tierra y apoyó la quijada en la mano. Reinaba el silencio en el terreno. La pequeña chimenea de hierro se enfriaba por la noche y esperaba a la mañana, aguardaba a que manos diligentes volvieran a encender el fuego. Descansaba asimismo la sierra, y la casita dormía entre los zarcillos de la hiedra que ya brotaba. El rumor de la ciudad llegaba desde lejos, como si se oyera en un sueño. Los coches circulaban, la gente gritaba aquí y allá, y una alegre voz cantarina se oía procedente de la ventana trasera de un edificio vecino, donde estaba quizá la cocina y donde ardía ya una lámpara. Debía de ser una criada que cantaba.

Boka se levantó, y se fue hacia un lado, hacia la choza. Se detuvo en el lugar en donde Nemecsek había tumbado a Feri Áts como David en su día a Goliat. Se inclinó hacia el suelo en busca de las queridas huellas que pronto desaparecerían de la arena como su amigo se había ido de este mundo terrenal. La tierra estaba revuelta en aquel lugar, pero no encontró huella alguna. Y eso que habría reconocido los piecitos de Nemecsek, pues era tan bajito que hasta los camisas rojas se quedaron pasmados cuando vieron sus huellas en las ruinas del Jardín

Botánico, más pequeñas incluso que las de Wendauer. En aquel día memorable...

Continuó su camino con un suspiro. Llegó hasta la tercera fortaleza, en la que el pequeño rubio había visto por primera vez a Feri Áts. Este lo miró y le gritó: «¿Tienes miedo, Nemecsek?»

El general estaba cansado. El día le había torturado el alma y el cuerpo. Se tambaleaba como si hubiera bebido un vino fuerte. A duras penas logró encaramarse a la segunda fortaleza y se recogió en su interior. Allí no lo vería nadie, no lo molestaría nadie, podría pensar en sus queridos recuerdos y hasta llorar a gusto si hubiera sido capaz de ello.

La brisa le acercó unas voces. Miró hacia abajo desde la fortaleza y vio a dos personitas ante la choza. No las reconoció en la oscuridad y se preguntó si podría identificarlas por la voz.

Eran dos muchachos que hablaban en voz baja.

—Oye, Barabás —dijo uno—, aquí estamos, en este lugar en el que el pobre Nemecsek salvó nuestro reino.

Callaron. Después se oyó lo siguiente:

—Oye, Barabás, reconciliémonos ahora, pero de verdad y para siempre; no tiene sentido que sigamos enfadados.

—Vale —dijo Barabás conmovido—, me reconcilio contigo. Para eso hemos venido.

Volvió a producirse un silencio. Mudos estaban el uno frente al otro, y cada uno esperaba a que el otro diera el primer paso hacia la reconciliación. Finalmente, Kolnay habló:

—Pues chócala.

Barabás le respondió emocionado:

—Chócala.

Se dieron la mano. Se quedaron un buen rato así, estrechándose la mano. Y después, sin decir nada, se abrazaron.

Esto también ocurrió, pues. Se produjo el milagro. Boka los miraba desde lo alto, desde la fortaleza, pero no reveló su presencia. Quería estar solo; además, para qué diablos molestarlos, pensó.

Luego los dos muchachitos se marcharon hacia la calle Pál, hablando en voz baja. Barabás dijo:

—Toca un montón de latín para mañana.

—Sí —respondió Kolnay.

—Tú lo tienes fácil —suspiró Barabás—, porque saliste a la pizarra ayer. Pero yo llevo ya tiempo sin salir, así que en uno de estos días será mi turno.

Kolnay le dijo:

—Ojo, que en el segundo capítulo el pasaje entre la línea diez y la veintitrés no toca. ¿Tienes marcado el libro?

—No.

—Oye, ¡no se te ocurra aprenderte lo que no corresponde! Te acompaño ahora a tu casa y te marco el libro.

Pues sí, estos pensaban ya en la lección. Estos olvidaban rápido. Aunque Nemecsek hubiera muerto, el profesor Rácz seguía con vida, y la lección de latín seguía con vida, y sobre todo seguían con vida ellos.

Se marcharon, desaparecieron en la oscuridad de la noche. Por fin Boka se quedaba solo. Sin embargo, no se sentía tranquilo en la fortaleza. Además, se había hecho tarde. Tenues campanadas se oían procedentes de la iglesia del barrio de Józsefváros.

Bajó de la fortaleza y se detuvo ante la choza. Vio a Janó, que volvía de la portezuela de la calle Pál rumbo a su vivienda. Hektor correteaba a su lado, meneando la cola y olisqueando el suelo. Los esperó.

—¿Qué? —preguntó el eslovaco—. ¿No se vuelve a casa el señorito?

—Ya me voy —respondió Boka.

El eslovaco volvió a sonreír.

—En casa buena cena, calentica.

—Buena cena, calentica —repitió mecánicamente Boka, y pensó que en ese momento había dos personas sentadas en la cocina de una casa de la calle Rákos, cenando: el pobre sastre y su pobre esposa. Y en la habitación ardían unas velas. Y ahí estaba también la hermosa chaqueta cruzada color marrón del señor Csetneky.

De pasada echó un vistazo al interior de la choza.

Vio unos instrumentos extraños apoyados en la pared hecha con tablones. Una lámina circular roja y blanca, una especie de disco con mango como el que los ferroviarios levantan cuando pasa el tren expreso por delante de la garita. Un armazón de tres patas con un tubo de bronce encima. Y unas estacas pintadas de blanco...

—¿Eso qué es? —preguntó.

Janó miró al interior.

—¿Eso? Del señor.

—¿De qué señor?

—Del señor arquitecto.

A Boka le dio un vuelco el corazón.

—¿Arquitecto? ¿Qué quiere aquí un arquitecto?

Janó dio una chupada a la pipa.

—Van a construir.

—¿Aquí?

—Sí. El lunes vienen obreros, excavan el terreno... hacen sótanos... cimientos...

—¿Cómo? —exclamó Boka—. ¿Construirán aquí una casa?

—Una casa —respondió el eslovaco con tono apático—, una casa muy grande, tres plantas... El propietario del terreno va a construir una casa.

Y entró en la choza.

El mundo se le vino abajo a Boka. Ahora sí, las lágrimas brotaron de sus ojos. Se dirigió de prisa hacia la puerta y hasta se echó a correr. Huía de ese lugar, de ese trozo de tierra desleal que habían defendido con tanto sufrimiento, con tanto heroísmo, y que ahora los dejaba de una manera tan infiel para que construyeran sobre sus hombros un enorme bloque de viviendas por los siglos de los siglos.

Desde la puerta volvió la mirada atrás. Como alguien que deja su país para siempre. Y en el inmenso dolor que le encogía el corazón se mezcló una gotita, una minúscula gota de consolación. Así como el pobre Nemecsek no pudo recibir a la embajada del club de la masilla que acudía a pedirle perdón, tampoco pudo ver que le quitaban la patria por la que había muerto.

Y a la mañana siguiente la clase se sentó en solemne silencio cada uno en su sitio en el aula y el profesor Rácz subió a la cátedra con pasos lentos y ceremoniosos para recordar desde allí a Ernő Nemecsek con palabras pronunciadas con tono suave en medio de una enorme quietud y pedir a los alumnos que a las tres de la tarde del otro día se presentaran con traje negro o cuando menos oscuro en la calle Rákos. Y János Boka bajó entonces la vista, la clavó con expresión seria en el pupitre que tenía delante, y su simple alma infantil empezó a intuir por primera vez qué era, de hecho, esta vida cuyos servidores, ora tristes, ora alegres, somos todos.

Otros títulos de Exit